JN193692

人生がまるっと上手くいく
英雄の法則
Hero's Law

ノートルダム清心女子大学
名誉教授・理論物理学者
保江邦夫

明窓出版

誰もがヒーローになりたかった——まえがきに代えて

僕がまだまだ小さかった頃、子ども向けテレビ番組にはヒーローが必ず登場していました。「まぼろし探偵」、「月光仮面」、「怪傑ハリマオ」、「隠密剣士」、「マグマ大使」、「ウルトラマン」、「ウルトラセブン」、「仮面ライダー」等々、実写ものだけでも枚挙のいとまもないでしょう。これにアニメが加われば、子ども向け放送のほとんどがいわゆるヒーロー、ヒロインものだったと記憶しています。そう、子どもだった僕は、こうしてヒーローになることをすり込まれてしまったのかもしれません。

とはいっても、大人になってみれば実際の社会には悪人は溢れるほどいるにもかかわらず、ヒーローの姿などどこにも見つけられません。ましてや、自分自身がヒーローになって、他の人たちから喝采を浴びるなど想像することさえできないのです。これでは、これが現実なんだ、ヒーローなんてテレビの作り話に登場する架空の存在でしかないんだと、ほとんどの人が華やかでキラキラした人生をあきらめるしかないのかもしれません。平凡で目立たない毎日を繰り返す生き方を選んでしまうのも、残念なことですが、はっきりとした事実なのです。

だからでしょうか、子どもの頃にあこがれたヒーローの姿を、せめて競技スポーツや映画の場面に見出すことで、忘れようとしても忘れることのできないヒーロー変身願望を満たしたつもりになっっいる、情けない大人ばかりが目立ってきつつあります。これでは、世の中はいよいよ腐れきってしまいます。そんな悪い大人を一掃し、誰もが楽しく朗らかに気分良く暮らしていける社会を実現するには、やはりそれぞれがヒーローやヒロイン、つまり「英雄」に変身する他に方法がないのではないでしょうか。

だが、but、しかし！「まぼろし探偵」や「怪傑ハリマオ」さらには「月光仮面」や「隠密剣士」ならば仮面やサングラスをつけるだけであっという間に「英雄」になれたし、主人公の地球防衛軍の隊員が「ウルトラフラッシュ」を焚けば「ウルトラマン」に変身でき、「ウルトラアイ」を目につければ「ウルトラセブン」に変身できたのですが、現実に生きる我々はいったい何をどうすれば「英雄」に変身できるのでしょうか⁉

この本は、苦節ウン十年、子どもの頃から探し求めていた「英雄」に変身するためのスイッチをついに、ついに発見することができた僕自身の体験談を綴ったものです。そのスイッチのことを、僕は「英雄スイッチ」と名付けました。

こうしてわかったことは、人間なら誰にもその人だけの「英雄スイッチ」が生まれながらに備わっていて、そのスイッチをうまく入れることができさえすれば、その人はたちどころに「英雄」となって生き様や言動が大きく変わってくるということです。

そう、それまではとても人前でできなかった勇気ある発言や、正義のためならたとえ火の中、水の中というような行動をとれるようになり、すべての人に「愛」に溢れた素晴らしい人物だと絶賛されるような人生を歩み始められるのです。

ヒーローやヒロインになれるのはディズニー映画の場面でだけと、あきらめていませんか？　そんなことは、絶対にないのです。この現実世界において、あなた自身が本当にヒーローやヒロインに変身できるのです！　とても、簡単に‼

そう、ただただ、あなたの「英雄スイッチ」を入れるだけでよいのです。

さあ、あなたもこの本を読み進んでいき、ご自身の「英雄スイッチ」を見つけましょう。そして、その「英雄スイッチ」を「スイッチ・オン」すればよいのです。

それだけで、あこがれのヒーローやヒロインになり、「愛」と「幸せ」まみれの人生を手に入れることができるのです！

人生がまるっとうまくいく英雄の法則

目次

第2部　松井守男画伯・保江邦夫博士対談

第1部　「英雄スイッチ」発見

◎松井守男画伯との邂逅（かいこう）前夜

令和元年、５月25日、松井守男さんとおっしゃる世界的な洋画家の巨匠とのコラボレーション講演会でお話をさせていただきました。

僕は、もともと絵にはそれほど興味がないので、以前は松井画伯を存じ上げなかったのですが、今から２年ほど前、こんなことがありました。

京都の上賀茂神社で、知り合いの女性が、ライアー（※本来は古代ギリシャの竪琴を意味するものであったが、後に形態の近い、いくつかの楽器をこの名で呼ぶようになった）という不思議な楽器の演奏会をするからとお誘いくださって、そのときたまたま僕も伯家神道の御神事で京都にいたので、寄ってみました。

上賀茂神社といえば、世界文化遺産に登録され、国宝と重要文化財の宝庫、お社（やしろ）がたくさんある広大な神社です。京都でも最古とされる歴史と格式を誇り、春に執り行われるあの「葵祭」でも有名ですが、一方でプロレスの中継などもするような、面白い神社でもあります。

そこのお社の1つで、ライアーの演奏会を開催するということでした。

会場に入りますと、後方に、巨大なキャンバスが掛けてありました。ヨットの帆布がそのまま吊られているように思えるほどの大きさで、そこに油絵の具で描かれている1つの作品は、「3人のマリア」というタイトルでした。

もう1つは、原爆投下のときの、悲惨な情景が描かれた作品でした。

どちらも、何かぐっと惹きつけられるものがありましたので、「こちらはどなたの作品ですか」と伺ってみたのです。

作者は、松井守男画伯でした。

松井画伯は、日本から芸術の都パリに渡って30年が過ぎた頃に、ナポレオンの生地としても有名なコルシカ島に移住されたそうです。

50年以上も前にパリに単身で乗り込んだときには、まずはあの超有名な画家ピカソに体当たりで「弟子にしてください」と申し込んで、本当に弟子にしてもらえたという、ピカソの最後のお弟子さんです。

ピカソから絵の神髄を習ったという、本当に稀有な、日本では無二と思われる画家さんなのです。

巨大なキャンバスだけでなく、普通の大きさの作品もたくさんありますし、先述の「3人のマリア」以外でも、ルルドのマリアなどマリア様を描いた作品が多いようです。

僕もマリア様には救われたことがありますので（※拙著『路傍の奇跡』海鳴社　参照）、そこでもご縁を感じました。

マリア様の描き方につきましては、どれを見てもそんなに細かい描写はないのですが、少し離れて眺めるともう、「きっとマリア様の愛情ってそういうものだろうな」という奥深い愛が湧き溢れているような絵なのです。


僕があまりに興味を示していたからでしょう、上賀茂神社の権宮司様が、「ちょっとお見せしたいものがあるので、後で社務所に寄っていただけますか」と声をかけてくださいました。

そして、「本当は一般公開はしていないのですが、松井画伯の絵を気に入られたようなので、ぜひ見ていただきたい」と、社務所の裏の国宝の間に通していただけたのです。

そこには、3方向、東と西と南に襖（ふすま）があり、それぞれの襖に絵が描かれていました。

真っ白な和紙の襖紙に、真っ白な油絵の具で、おそらくトキかツルであろう鳥が飛んでいる、繊細な絵です。

白い紙に白い絵の具なので、そこに絵があるというのはよく見ないとわかりません。ぱっと見には真っ白い襖なんですが、何か微妙な色がついていると思ってじっと眺めていると、飛んでいる鳥が浮かんでくるのです。たくさんの鳥たちが群れをなして飛んでいき、3面につながっているんですね。

雄大で、どちらかというと日本画の奥行きを感じさせるような、素晴らしい絵でした。

3枚の襖の角には、これも国宝の木の柱があるのですが、そこにも白い絵の具で鳥がずっと描かれているのです。

僕が柱を眺めていると、権宮司様が、

「そうなんですよ。松井画伯は枠にとらわれないお方ですから、こういう風に国宝の柱にでも描かれるんですね」とおっしゃっていました。そのとき、まだ見ぬ松井守男画伯のことを、日本人離れをした実に面白い巨匠だと感じたわけです。

次に、

「こちらもご覧ください」と通されたのが床の間でした。

「床の間に飾る、掛け軸の絵もお願いします」と描いていただいた作品が、そこにありました。

普通、床の間を見たら、掛け軸の幅もだいたいこのくらい、という目安を立てるかと思いますが、その絵はなんと、床の間の幅いっぱいの大きさなのです。

もう、どどどどどーっと轟くような勢いで、全面が掛け軸になっていました。

その作品は、松井画伯がその国宝の間で、ぼーっとされているときに見えた光景を描いたということでした。

「ここの空間がこうで、こっちの空間はこうなってるんだよ」と、見えたそのままを描いたプロセスをお話しくださったと権宮司様がおっしゃっていました。

僕が最後の弟子だと自負している、日本人で最初にノーベル賞を受賞された理論物理学者の湯川秀樹先生が、晩年に提唱された「素領域理論」という物理学の基礎理論があります。空間の超微細構造についての斬新な理論なのですが、その説明の際に、

「この空間のこのあたりを、うんと拡大してみたらこうなっているのだよ」と言われながら黒板にラフに描かれたときの、風船玉のような、シャボン玉のような「○（丸）」がいっぱい重なって浮いている絵、まさにその絵そのものだったのです、掛け軸の絵は！

「これは、湯川秀樹先生の素領域理論そのままの絵ですね」とお伝えすると、権宮司様は、

「そうなんですか。とにかく、松井画伯はそのとき、ご自分の目に見えているものを描いただけだとおっしゃっていました」と教えてくださいました。

その作品は、虹を思わせるようなカラフルなものでした。タイトルは、大和言葉の「タマユラ」です。ぼんやりとした夏の蜃気楼のような雰囲気ですが、

「これが、我々が住んでいる空間の真の姿なんだよ」とばかりに、本質を見事に描き出しています。

それから、愛ですね。

松井画伯は原爆被災60周年の年に、広島に招かれて原爆の絵を奉納されたそうです。

そのときに、一面の焼け野原の中に、男性が焼けただれている様子は描けたのです。

ところが、子どもや女性の悲惨な姿は、ご自身で見えてはいたけれども、絵にはできなかった。

そこで、その部分だけを漢字の文言で置き換えたそうです。

女性が倒れていたり子どもが焼けただれているようなところはそうした描写をせずに、そのとき彼に浮かんだ漢字交じりの日本語を、文字として描いたのです。

それをフランスで初めて発表したときに、日本語を知らないフランス人が皆さん、1つの漢字に注目するのだそうです。

それは、「愛」という漢字でした。

特に頻繁に出てきていたために注目を集めたのかもしれませんが、フランスや、他のヨーロッパの人たちが声を揃えて、

「このデザインが素晴らしい」と感動したそうです。

僕も拝見しましたが、気がつくとやはりなぜかそこに目が行っているのです。

それ以来、彼の作品には、ところどころに愛という漢字が描かれています。

そして、上賀茂神社の襖絵(ふすまえ)には、鳥がたくさん飛んでいる情景が描かれているのですが、よく見るとそれらは、「人」という漢字なのです。

「人」を上下から潰したような形が、僕には鳥が飛翔している風景に見えたのですね。

権宮司様が言われました。

「実はこれ、人なんですよ。人の魂が飛び立っていく様子なんですって。どうも、松井画伯にはそうしたビジョンが見えるようです」

松井画伯には、人の魂が「人」や「愛」といった漢字に見えているので、洋画の油絵の中にそのまま描いているということのようです。

前述した、「タマユラ」という絵は特に素晴らしいものでした。

この絵を初めて拝見したちょうどその頃、僕は素領域理論を一般の方々へ解説する、『神の物理学』という本を海鳴社さんから上梓する予定で、原稿はほぼ仕上がっている段階でした。

「タマユラ」は、素領域をとてもよく表現している作品だと思ったので、ぜひ著書で使わせてもらえないだろうかと思っていました。

そこで、権宮司様に、

「松井画伯に僕でも連絡を取ることができるのでしょうか」と伺ったところ、

「代理の方が日本にいらして、いつもその方にお願いをしています」と紹介してくださいました。

そこから、その代理の方とフランス人マネージャーを通じてメールで依頼してみたのですが、画伯は世界的に立場のあるお方で、出版社の予算との折り合いもつかなかっため、そのお話は一度お蔵入りしてしまったのです。


ところが、ところが、やはり捨てる神あれば拾う神ありですね。上賀茂神社でライアーを弾いていた女性が、なんと松井画伯と個人的に親交があるといいます。

そして、松井画伯の素晴らしい絵画の紹介に注力されている年配の日本人男性と一緒に、直接、

「保江邦夫博士という理論物理学者の方が画伯の作品を、著書に使用したいと望まれていましたが、どうもうまくいかなかったようです」と伝えてくださいました。

するとなんと、そのお話自体が画伯の耳に入っていなかったようで、画伯は、

「マネージャーに伝えておくから、無償で使ってかまいませんよ」と快諾してくださったのです。そして、合計12枚も、カラーで使わせていただけました。

さらに、松井画伯からは、

「よかったら表紙に使ってください」と、富士山に向かって鳥が飛んでいっているような荘厳な作品をご提供いただきました。背景は金で、たくさんの白い鳥が飛んでいるのですが、よく見ると、やはり鳥は「人」という文字になっています。

人という文字が重なるように飛んでいる形が富士山に見えているのです。

しかも、そんな無数の鳥の全部が人の魂であり、みんなで天に向かっていっているという、素晴らしい作品で、本当にありがたく、表紙にさせていただきました。

ライアーを弾く女性を介して、初めて画伯にそのようにつながったのが、2年くらい前のことです。その後、松井画伯は年に2回くらいのペースで日本に来られています。

上賀茂神社や神田明神などの神社から依頼を受けては、襖絵、屏風絵（びょうぶえ）などを描くために、何回も来られているそうです。

それに加えて、松井画伯は愛知県豊橋のご出身なので、時々はご実家に戻られることもあるようです。

そして令和元年5月、松井画伯がまた京都に滞在して、上賀茂神社の絵を仕上げるということになり、ライアー奏者の女性が、

「この機会に、お2人で京都で対談していただけますか」とお誘いくださったのです。
直接、お世話になったお礼を申し上げたかった僕は、もちろん二つ返事でお受けしました。

その講演会は、京都市宝ヶ池のグランドプリンスホテルで開かれることになっており、僕はライアー奏者の女性のご友人に講演会前日のイベントに誘われて、前日に京都に行くことになりました。

兵庫県と大阪府の境に、能勢という町があります。そこは、天皇家の裏の歴史を支えてきていた所だそうで、発掘すると様々なものが出てくるような場所です。

八咫烏（やたがらす）、つまり、賀茂（かも）一族由来の場所でもあって、そのあたりから代々、天皇家に嫁ぐ人が多かったそうです。

明治時代の知る人ぞ知る霊能力者で、野間幾子さんという女性がそこで生まれ、成人なさってから九条家の御公家様との間にできた娘さんが、大正天皇のお妃として、貞明（ていめい）皇后になられたと教えていただきました。

ライアー奏者の女性のご友人は、全国各地での子育て支援・居場所づくりを行なっており、「地球を救うお母さん」というコンセプトで、子育て中の母親を中心とした、「多世代多様性コミュニティ」づくりをテーマに１５００人が神戸に集結し、横でつながる一大イベントを開いた若い女性でした。

その女性が、対談講演会の前日に、「関西に来られるのなら、ぜひ、貞明皇后ゆかりの地を見てください」と誘ってくださったのです。

大阪の能勢町を中心にして活躍しているその女性は、若者やシニアなど多世代かつ多様性に富んだコミュニティを育むカリスマ的な方でした。

神様からのご指示で様々なイベントを開催したり、寺社仏閣の再生活動を続けていくうちに、松井守男画伯を始め多くの著名な方々とのご縁が広がっているのだそうです。

現在は能勢町の、楠木正成末裔の方の築２００年以上のお屋敷を提供していただいて、コミュニティ活動をしているということで、周辺にある野間神社や野間幾子さんのお墓などを案内してくださいました。

見学後、京都の僕の宿泊先まで車で送ってくださるとき、

「よろしかったら今夜、山口県の田布施（たぶせ）や柳井（やない）と同じ地区にあるお寺のご住職と会ってもらえませんか」と聞かれました。

「いいですよ。僕の家系の出所でもありますし、これも何かのご縁でしょう」とお答えした僕は、その夜、初めてご住職にお会いしました。まだお若くて、40代後半ぐらいの恰幅の良いお坊さんで、そのお話は、とても面白いものでした。

それは、ネット情報を中心に拡がっている「田布施システム」もかかわってくる話です。

明治維新より前から、田布施という小さな田舎町の人間が、日本を裏で動かしてきたという、陰謀論のような話ではありません。

僕は、田布施には渡来人にかかわる何かがあったのかと思っていました。

うちの家系も田布施に由来しています。僕の祖父は、明治新政府でかなり重要な役割をさせてもらったようですが、それは、田布施出身だったからなのです。

ただ、そのご住職の調査で判明したのは、「田布施システム」どころの話ではありませんでした。

田布施や柳井のあたりには、「熊毛王（熊襲）」の伝承があるというのです。一説には、熊毛王というのは、神武天皇のお兄様なのだそうですが、古事記や日本書紀では、

熊毛王勢力地図

三毛入野命（みけいりぬのみこと）として登場しているそうです。

兄といえば、本来は上の立場にあたるのに、なぜ弟の神武天皇が初代として日本を統治し始めたのかと、僕も興味を持って調べてみました。

すると、その田布施や柳井のあたりに、熊毛王によって統治された王国が存在したことがわかったのです。地元の一部の郷土史家には、仮に「熊毛王国」と呼ばれているそうです。

僕が思うに、それが、もともとの縄文の日本、特に畿内より西の地を統治していた国であったのでしょう。

そこに大陸から弥生人・渡来人がやってきて、出雲から畿内に向けて攻めてきたわけです。攻め込まれた縄文人たちは東に逃げていき、富士山の麓に富士王朝を造りました。けれどもそこも攻めてこられて、さらに東北地方へ向かい、北海道に行き……という、これが、熊毛王伝説となったのではないでしょうか。

すなわち熊毛王というのは、縄文の時代を統治していた王のことであり、それを滅ぼした渡来人、つまり弥生人たちが、大和朝廷を建てたのです。

神武天皇の兄と表現されていますが、兄は、「もともといた人、統治していた先人」という意味で使われていたのではないでしょうか。

つまり、縄文時代に日本を統治していたが、大和朝廷に滅ぼされた熊毛王のことだったのです。

神道の世界でも言われていたのですが、僕は以前から、淡路島の鳴門の渦巻きは、瀬戸内の東の霊的な護りだと考えてきました。古文書にも、阿波の鳴門は「竜宮東門」として記されています。

すると、西の霊的な護りとして、やはり渦巻きがあるはずです。

ところが、下関のあたりの関門海峡などでは潮が渦を巻かないのです。

どこかに西の護りの渦巻きがあるはずだと思っていたところ、その住職さんが教えてくださいました。柳井の向かいに、大畠瀬戸（おおばたけのせと）、別名「竜宮西門」という海域があり、そこに、渦ができるというのです。

大和朝廷も畿内にありましたし、熊毛王の時代よりもっと古い縄文の情報も畿内から発していいます。

僕が推測するに、淡路島のあたりから、周防灘の間にある瀬戸内海の周辺までが、熊毛王国だったのです。西の端が周防、柳井で、東の端が大阪や、淡路島。

その頃の交通は、陸地ではなく海、瀬戸内海が中心で、その瀬戸内海周辺の陸地に人々が住み、一大王国を造っていたわけです。

その日の昼間に案内していただいた大阪の摂津、野間幾子さんがいらした能勢町など、そのあたりも実はその王国の一部だったということでしょう。

東は摂津、西は柳井の周防、つまり山口県の南東部。そこまでが古代日本で、そこから西の山口県や九州は、大陸の文化圏であったと思います。

弥生時代に入ってからの、九州にいた卑弥呼が始めた邪馬台国は、文化的には大陸側だったということになります。

大陸側のいろいろな古文献に書かれているのですが、大陸の文化よりも、もともと日本にあった縄文文化のほうが進んでいたようです。

熊毛王が統治していた頃の縄文文化が、どれほど素晴らしかったかがわかりますね。

住職とお会いできたことで、柳井にいた僕の祖先がそんな状況下にいたということを確認できる、素晴らしい機会となりました。嬉しくなった僕は、近いうちに必ずご住職のお寺を訪ねますと、約束をしたのです。

さて、その夜、ご住職が予約してくださった京都の料理屋さんでのことです。

皆さんはお酒を飲んでいましたが、僕は断酒中なので、ソフトドリンクをいただきながらお話ししていました。

皆さん、最初はビールを飲んでいたのですが、そろそろワインでも飲みますかとなり、ワインリストをもらいました。

そのとき、僕は自分で飲みもしないのに何か気になって、

「ちょっと僕にも見せてください」とワインリストを眺めていました。

なかなか充実しているワインリストをパラパラとめくっていたところ、その中で１本、

なんだかとても気になるワインがあったのです。

ワインリストには、ボトルの写真もカラーで掲載されていたのですが、見たことがない美しいラベルでした。そのワインの銘柄は「ディープ・ブルー」といい、その名のとおり、海の底のような、本当に真っ青なラベルなのです。

ご住職に、

「僕、ちょっとした理由で神様に断酒をさせられているのですが、どうしても試したいというか、せめて匂いを嗅いでみたいワインがあるので、それを頼ませていただけませんか」と伝えると、

「どうぞどうぞ」とおっしゃっていただけました。

ご住職も、前年の11月までは、お堂の新築普請のために2年間、禁酒なさっていたそうなのですが、めでたく完成したことで、お酒を飲むようになっていました。

注文してすぐにテーブルに届いた「ディープ・ブルー」を、僕が皆さんのグラスに注ぎ、ご住職のグラスを拝借してちょっと鼻に近づけると、ものすごくいい香りがしたので、「これはさぞ美味しいだろうな」と思いました。

ご住職も、そこにいらした若い人たちも皆さんで味わって、

「これは美味しい」と、口々に褒めていました。

ドイツワインの白でしたから、きっと甘いだろうと思っていたのですが、意外やすっきりとして辛口とのことで、ドイツワインにしては珍しいものでした。

ワインリストには他にも、フランスやイタリア、チリのワインなどたくさん載っていたのですが、なぜか、僕はその夜、「ディープ・ブルー」というドイツワインにどうしても触れたかったのです。


さて、翌日、講演会当日となりました。

「1時ちょっと過ぎに会場に来てください」と主催者の方に言われていたので、そのくらいの時間に宝ヶ池のグランドプリンスホテルの会場に到着しました。

会場には松井画伯に取り次いでいただいた年配の日本人男性の方だけがいらっしゃって、

「今日は、よろしくお願いします」とご挨拶をした後、会場をざっと下見させていただきました。

会場には既に、松井画伯の絵が2点飾られていて、「いいですね」と感心すると、その方が「こちらは『未来の泉』と題された最新作です」と紹介くださったので、それを拝見しました。

長辺が、1メートル以上はありそうな大きな絵でした。

驚くべきことに、それがもう、前夜にみんなが飲んだ「ディープ・ブルー」のラベルそっくりの深い青色。全く同じ深いブルー。

「このブルーを僕、実は昨夜見てます」とお伝えしたところ、「ええ?! まさにこのブルーですか?」と驚かれました。

松井画伯は色の中でも特に青に力を入れていらして、前述の3人のマリアも、他の様々なマリアの絵も、青色が基調になっています。ルルドのマリアは、青色のコスチュームで現れたと言われていますので、これまた青色が基調となります。

松井画伯の作品の青色は、どんどん進化しているようです。

最新作の青が、本当にいい色で、その青を出すためにわざわざ特注で油絵具を作らせたそうです。

それを松井画伯は、「〇〇ブルー」と名付けていたら、フランス大統領やフランス政府が、「これは○○ブルーではなく、松井ブルーにしてくれ」と希望を伝えてきたといいます。

そうして改名された「松井ブルー」と呼ばれる絵の具を用いた最近の油絵が、初めて日本でお披露目されたという、その最新作のブルーを、僕は前夜に「ディープ・ブルー」のラベルに見ていたのです。

僕はドイツの、特に白ワインが甘ったるくて大嫌いです。それにもかかわらず、青というラベルの色だけで注文してしまっていた。普段は絶対に頼まないドイツワインを、ラベルの青に与えられた、「これだ」という直感を信じて、自分が飲めもしないのに半ばゴリ押しで頼んだのです。

それが、「松井ブルー」でした。

◎天才の似顔絵

さて、その下見の時間に、まだ松井画伯は現れませんでした。年配の男性も、

「いや、今さっきまで一緒にホテルのレストランでお昼を食べてましたから、控室にい

らっしゃると思います」と、控室に案内してくださいました。

その会場では、控室は1つしかなく、僕と松井画伯で一緒に使うことになっていました。けれども、その部屋には誰もいなかったのです。

「おかしいな」と年配の男性が不思議がっていましたが、

「大丈夫です。僕はここで、のんびりしてますから」と、30分くらい待機していたのですが、やはり誰も入ってきません。


開催が午後2時からだったのですが、その15分前くらいに、フランス人の中年男性と、日本人の若い男性が、2人で入ってきました。

ヨーロッパ向けのお仕事に携わっているというフランス人のマネージャーさんと、日本向けの日本人マネージャーさんという方々でした。

「松井は、まだ来ていませんか?」とおっしゃるので、

「いや、僕もお待ちしてるんですが」と答えると、

「1時過ぎには食事も終わっていて、僕らも探しているんですが……」と2人とも首を傾げていました。

そうしてしばらく経ってから、ようやく松井画伯ご本人が現れました。

初めましてとお互いにご挨拶をする中で、松井画伯は最初、下を向いてしまって僕の顔を見てくれないのです。

そして、

「実は私ね、ピカソや、シャガールや、ああいう天才じゃないんです。ピカソの門を叩いて、その指導の下で50年の間コツコツやって、やっと今は、何とかなってるような普通の努力家なんです。だから、僕が一番怖いのは、先生のような天才なんですよ」と、僕のことをそんな風におっしゃるのです。

「とんでもない、僕は天才でも何でもありません」

「いや、送っていただいたご本を読んでも、他の本を読ませていただいても、あなたが天才なのはもう、わかりきってますから。

私は天才の前では、自分の全てを見透かされているようでとても緊張します。

本当は、1時過ぎに控室に行くように言われていたんですが、そんな天才の前で1時間も、怖くて保たないと思って、1人でトイレで座ってたんですよ。

そうしていたら、そこのマネージャー2人が、トイレの個室をコンコンとノックしてきたんですが、返事もしなかった。

もちろん、彼らが来たのはわかっていたけれど、捕まったらこの控室に引きずり出されるから、ひたすら隠れていたんです」


僕が一生懸命、天才などではないと、半ば懇願するような口調で語りかけますと、だんだんと僕の顔を見てくれるようになってきました。僕もいろいろお話しさせていただいて、やっと打ち解けることができたのではないでしょうか。

そうしたら、松井画伯が、

「何か、あなた、違いますね。これまで会った学者の先生とかはもう、本当に私にとって怖い人ばかりだったけれど、こうして見るとあなたは怖くないんです。何だ、これなら1時間前に来ればよかった」と笑顔になって、その後はずっと、僕の顔を見ながらお話ししてくださいました。そして、

「あなたね、キリストと、マホメッドと、お釈迦様とそれぞれの顔に、見るたびに変化しますね」と言われたと思うと、日本人のマネージャーさんに、

「君、ちょっと紙を出しなさい」と指示を出され、ササッと僕の顔を描いてくださいました（※カバー折り返し参照）。

最初、そのマネージャーさんが渡したペンは、インクが切れていたのか描けませんでした。

そこで僕が、筆ペンを差し出しました。

左: 保江博士　右:松井画伯

その日に予定されていたサイン会のために、僕は筆ペンを用意していたのです。

サインをするのに、黒い色は好きではないので、普段から、金、銀、赤、緑、青の筆ペンを使うのですが、そのときに、すっと手にしたのが青の筆ペンでした。

「これ、よかったらお使いください」

「ああ、ありがとう」

もちろん、松井ブルーはもっと鮮やかで、深みもある色なのですが、とにかく松井画伯の大好きな青い色でこの記念すべき絵をササッと描いてくださったのです。

講演会は、最初の5分間のライアー演奏の後に、対談が始まるというスケジュールでした。対談が始まるまで、僕たちは特に何も打ち合わせはしませんでした。2人ともに、適当にやりましょうという雰囲気だったのです。

そうしたら、初対面で打ち合わせなしにもかかわらず、見事にかみ合うのです。普通は、打ち合わせをしたところで、ここまでかみ合いません。

こうしてわかったことは、松井守男画伯という人物はこの僕と同じようなことに、同じように強い興味をお持ちだということです。「俺の兄貴か！」と心底思えるような人物でした。

講演会が終わってからのサイン会は、前述の『神の物理学』という松井画伯の作品を収録させていただいた本を、海鳴社の方が販売しながら僕がサインするという予定でした。松井画伯には、サインをいただくという予定はなかったのです。

ところが、僕がサイン会をするというアナウンスが流れると、

「僕も一緒にいいですか」と申し出てくださいました！

「もちろんです！　光栄です」とお応えして、並んでサイン会をしました。

僕が先にサインして、隣に座っている松井画伯にその本をお渡しすると、画伯もサインをしてくださったんですね。いらした方は、本当にラッキーでした。

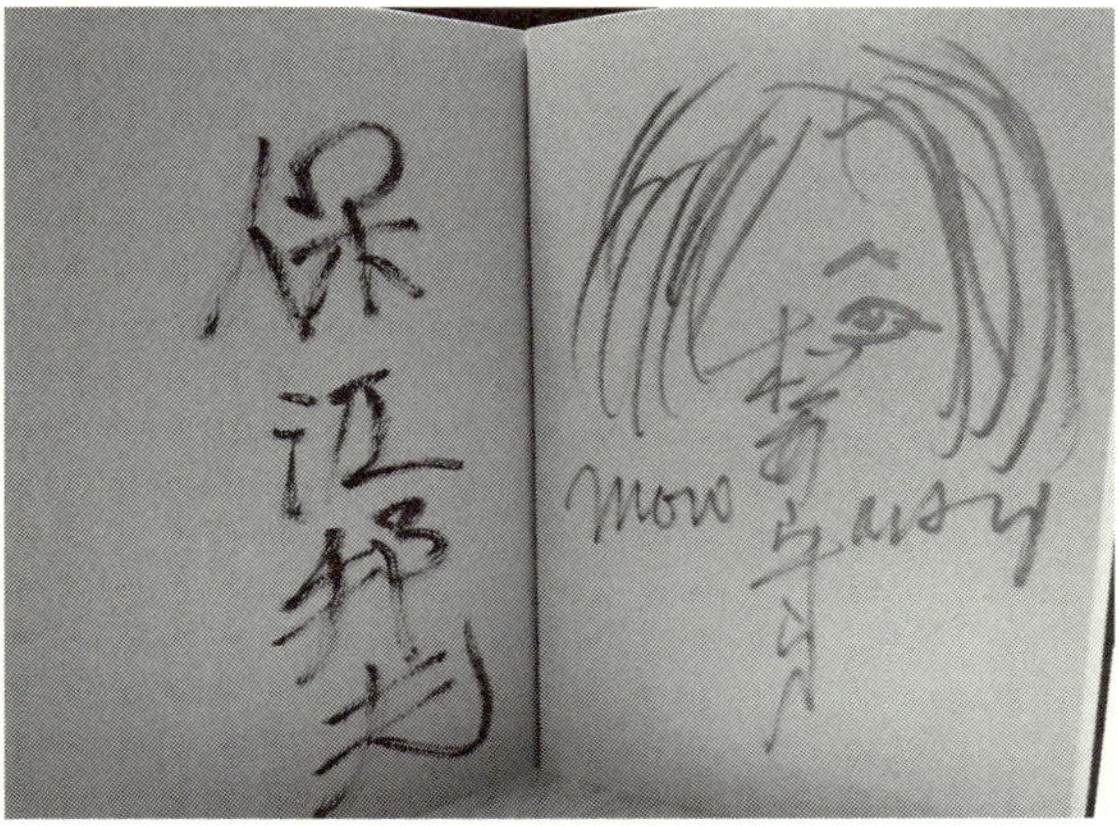

本のサイン

しかも、松井画伯は僕と違って、サインを希望している方の、目を見てサインするのです。その目が、絵としてサインのどこかに入るんです。

その場も本当に盛り上がり、参加者も含めてみんなで写真を撮ったりしました。

サイン会も滞りなく終わり、また控室に戻って、「本当に今日は素晴らしかった」と喜び合いました。

そして松井画伯は、フランスでいかに苦労したか、彼がなぜフランスを拠点として活動するようになったかなどを話してくださいました。

お若い頃、日本で画家として芽が出かけたときに、日本の画商を取りまとめている一番の有力者が、

「君の才能は素晴らしいから、私が今後代理人となり、全てのことを引き受けてあげましょう」とアプローチしてきました。

しかし、その人のことが、なんとなく信じられなかった松井画伯は、丁重にお断りをしたのだそうです。

その直後から、松井画伯の絵を置いてくれたギャラリーなどには、必ず画商と称する人がやってきて、

「こんなの絵じゃないよ」

「絶対売れない、こんなもん、詐欺だよ」とこきおろしたというんです。

まさに、メン・イン・ブラックみたいな人が、毎回出てきて松井画伯の邪魔をする。

業界最有力者のアプローチに対して断ったのを、その有力者のフィクサーがとことん恨んで、目を光らせていたんですね。

「俺が生きている間は、絶対に松井には日本で作品を発表させない」と。

ただ、松井画伯もおっしゃっていましたが、ヨーロッパとかアメリカからは、日本で広く流通しているような日本人画家は、相手にされていないそうです。

なぜかというと、本当の絵の素晴らしさで認められているわけではないことがほとんどだからです。有力者たちがお金儲けをするためだけに利用されているので、絵に、人を感動させるもの、心を動かすものがない。

日本の美術界とはそういうところで、日本人画家で国内で有名になり、かつ、移住先のフランスから広くヨーロッパやアメリカで認められているのは、レオナール・フジタさんくらいでしょうか。

フジタ画伯は、絵の才能が認められてからフランス国籍を取得されたことはよく知られています。

そして、松井画伯もずいぶん前から、フランス政府に「フランス人になりましょう」と提案され続けているそうです。

フランスに帰化せよということですが、松井画伯は、この日本の美術世界の悪しき状態を何とかしたいのです。

だから、ご自分は生涯日本人でいる決意でいらっしゃるので、フランス国籍は丁重にお断りなさっています。

そんな松井画伯の絵を、少しでも多く日本の皆さんに見ていただく一助になればとの気持ちで、画伯の作品を、拙著『神の物理学』で12ページにわたり、ご紹介させていただきました。

それをご覧になった方からの問い合わせもあったと聞いています。松井画伯の日本語公式ホームページ（http://matsui-morio.jp/）もありますので、ぜひご覧になってみてください。

もちろん、『神の物理学』は美術本ではありませんので、特に妨害もなかったのですが、以前、日本で画集を出そうとして出版社も乗り気でいたら、出版直前に、その出版社の取引銀行から圧力がかかって、出版差し止めになったとも聞きました。

業界最有力者の画商が、日本では松井画伯の画集が絶対に出版されないように、常にアンテナを張り巡らせて情報をつかみ次第、阻止してくるというのです。

松井画伯はそんな日本に愛想を尽かして、フランスに渡り、ピカソの門を叩いたのです。

そして、松井画伯はフランスで有名でフランスの要人にも顔が利くことから、駐フランス日本大使館では何か頼みごとがあるときには画伯に良い顔をするといいます。けれども、日本の政治家などがフランスに行ったときには、松井画伯のことを、「もう落ちぶれてしまってダメですよ」などと悪口を言うそうです。「もう売れなくてかわいそうだから、大使館の中に絵を飾ってやってる」という表現まであったとのことです。

日本人を助けるべき大使館が、そんな扱いをするなんて信じがたいという向きも少なくはないでしょう。

でも、似たようなことは、僕にも経験があります。

スイスのジュネーブ大学で研究をしていた頃のことでした。

ジュネーブは大使館ではなく領事館なんですが、日本の領事館というのは、もう日本のヒエラルキーをそのまま持ち込んでくるのです。

日本の公のルートなどの派遣で来ているのではなく、僕のように個人でジュネーブ大学の教授に雇ってもらっているというのは、一番危険視するんですね。

松井画伯と一緒です。嫌になるほど、足を引っ張られ続けるんです。自分の傘下にいない者は、潰そうとするわけですね。

ところが、文科省の派遣で来て、ジュネーブ大学の単なる留学生になってるような人のことは、べた褒めにする。まだ、何も業績がないにもかかわらずです。

それと同じことを、松井画伯もこの50年間、ずっとされているということです。松井画伯が有名になればなるほど、足を引っ張ってくるんですね。

大使館や領事館のトップには、そうした度量の小さい人物が多くて、ある国の大使は、自分のことを陛下とか呼ばせて、一般の人のことを下々の者と呼んでいるくらいなのです。

◎「英雄スイッチ」が入る!

さて、その講演会は京都で開かれたので、僕の関西担当の秘書が来てくれていました。

ちなみに、僕には岡山、大阪、東京、名古屋に、それぞれの方面を担当してくれる秘書がいます。

その関西の秘書は、サイン会の手伝いなどもしてくれたのですが、講演会の前後で僕が変わったというのです。

僕にも、「そういや今日、何か変わったな」という実感がありました。松井画伯に会ってから、何か、変化があったのです。

いったい、何がどう変わったのか？　そのときは、まだ僕の中で、はっきりとはわからなかったのですが、そのうちだんだんと明らかになっていきました。


先日、東京の秘書が打ち合わせに来てくれたので、その変化について聞いてみました。

すると彼女は、

「ワインを飲んでいた頃のお顔に戻っていますよ」と答えてくれたのです。

実は、２０１８年9月5日より前は、僕は講演するときも、あからさまにワインを飲むことがありました。ワインボトルをテーブルに載せ、グラスに注いで飲みながら、講演をしていたこともあったのです。普段も、だいたいのところ、昼間から飲んでいました。

その頃の、僕の顔に戻ったというのです。

「あの頃の先生が復活してますね」と。

酔っぱらっているような感じ、という意味ではなく、良いところが復活している、とのことでした。

昨年までの僕がなぜ、本当は好きでもないワインや他のお酒をよく飲んでいたのかというと、よくよく考えてみれば、飲むと英雄になれたからなのです。

ここからが僕の新説なのですが、人間、特に男性には「英雄スイッチ」というものが脳の中にあります。「英雄スイッチ」は僕が作った造語ですが、どなたにもイメージしやすい言葉かと思います。

そして今回、僕の「英雄スイッチ」を久しぶりに入れてくださったのが、松井守男画伯なのです。

松井画伯は、最初は目を伏せて僕のことを怖がっておいででした。しかし、「あなたは怖くないですね。良い人ですね」と、僕の目を見るようになってくれてから、僕の「英雄スイッチ」が入ったのです。

「英雄スイッチ」が入ると、誰でも英雄になれるのです。松井画伯が描いてくださった僕の顔は、僕の「英雄スイッチ」が入った直後に描かれたので英雄の顔なのです。

だからこそ、キリストや仏陀やマホメッドの顔が交代で現れていたのではないでしょうか。


僕も鏡で自分の顔を見て、確かに以前の、お酒を飲んでいた頃の顔と同じ顔だと思いました。

そして、ある1つの重大な事実に気づくことができたのです。

それは、いったいなぜ、20歳の頃からずっと好きでもないお酒を飲んできたのかということの理由についてでした。

そう、お酒がないと英雄になれなかったからなのです。飲まないとショボッとして堂々とできなかったんですね。

昨年の9月から、9ヶ月以上ずっと飲んでいなかったのですが、秘書たちに言わせると、

「お酒を飲んでいた頃のほうが、格好良かった。もっと堂々としていた」とのことでした。お酒を飲まなくなったら、なんだかショボくなってしまったというわけです。

秘書たちが４人とも、一緒にいても頼りないという感じがすると断言するようになったのです。

アルコールを飲んで、単に気が大きくなったり、暴れたりというような人もいますが、酒癖は人によって様々です。

僕の場合は、アルコールを飲むことで気が大きくなるといいますか、やっと人並みに堂々としていられたように思います。

大学や大学院の時代には、お付き合い程度にビールを飲むくらいでした。ところが、スイスに渡って暮らしてるうちに、周りに合わせてワインを飲むようになったのです。

みんな昼から飲むし、しかもその量が半端なものではありませんでした。

スイスではフランス語で外国人と渡り合い、理論物理学という学問の世界において自論などを主張し、論文を発表していかなくてはいけないので、かなりの度胸も必要でした。何百人もの外国の学者の前で、英語やフランス語で自論を説明しなくてはならないような機会も多かったのです。

このような状況でアルコールを入れると、ノーベル賞を取ったような大御所からの質問でも堂々と返せるのです。逆に、こちらから攻めることもできました。

僕の場合は大量のワインを飲むことで、「英雄スイッチ」がＯＮになっていたんですね。だから、運良く新しい理論を閃（ひらめ）いたりもしたのです。

スイスに行ってから特にワインばかり飲んでいたのは、スイスのワインが美味しいからかと思っていましたが、実はそうではなかったのです。

スイスでの生活を思い返すと、朝は10時半頃に目が覚めて起き上がり、朝食はコーヒー１杯とクロワッサン１個がほとんどでした。現地の人の朝食も、だいたいこんな感じです。

大学に着くのが11時半頃ですが、12時には同僚たちが「行くぞー」とランチに誘ってくれます。

お昼休みが12時から２時までの２時間もあるので、近所のカフェに行って、お肉主体のランチをオーダーし、ほぼ全員がワインやビールを飲みます。

２時に大学に戻り、３時になったらまた「行くぞー」というお誘いがかかって、今度はコーヒータイムです。大学の中にあるカフェで、コーヒーを飲んだりするのです。ここではさすがに、アルコールを飲む人はあまりいません。

研究室に戻ったら、もう4時頃です。そして5時になったらまた、「おい、行くぞー」とお声がかかり、近所のカフェのテラス席で、みんなでワインやビールを飲むのです。

おつまみには、フリッツをよく頼みました。ポテトフライのことですが、フランス語ではフリッツというのです。大きなピカピカのお皿に大盛りでどんと置かれたフリッツをつまみ、ビールやワインを飲みながら、目の前の歩道を通り過ぎるかわいい女の子に、ヒューって声をかけたりします。

8時になる頃にやっと、「そろそろディナーだな」と言って、テラスから店内に移動して、またわーわー喋りながら飲み続けるのです。

お開きがだいたい10時過ぎ、自分の部屋に帰ると11時過ぎぐらいで、シャワーを浴びて寝るのが深夜2時頃です。

そしてまた翌朝、10時半くらいに目を覚まして……、という繰り返しだったのです。ほとんど勉強や研究なんかする暇もありませんでしたが、皆がそうでした。

でも、なぜか全員、ちゃんと論文を書いているのです。いつ書いているのか不思議になって、あるとき、その仲間うちで一番親しくなったスイス人に聞いてみました。

「毎日こんなに飲み食いしてアルコールも切れないのに、いったい、いつ論文を書くんだい？　それに、論文のネタも、どうやって準備するの？」

「アイディアが湧いたときだね。それがいつ閃くかはもう、神様次第だ。日本や中国から来ているほとんどの院生や助手は毎日、真面目に朝からコツコツ勉強しているけど、それだとたいした発見はないし、何か見つかっても、たかが知れているよ。誰でもやればできそうな地道な研究なんて、他のヤツに任せろ。世の中をあっと言わせる驚くようなアイディアは、リラックスしているときのほうが出てきやすいんだ。それがいつ出てくるかわからないから、待っている。まあ、待つのが仕事だね」

日本人とは、もう根本的に考え方が違うのですね。

「わかった。じゃあ、俺も考えたり悩んだりするのはやめにして、お前らに付き合うよ」と、僕も腹をくくり、それからは、「勉強しに来ているのに、飲んでばかりいるな」という後ろめたさも忘れて、みんなと心置きなく遊ぶようになりました。昼間からワイン、夕方からもワインです。
毎日、そうして同僚たちと付き合っていると、たまに1人なりたいなと思うようになりました。合間の1時間ほど研究室で1人になってホッと一息ついているときに、「え、何だこれは」というようなアイディアが降りてくるのです。

そうしたら、もうお誘いにも付き合わず、「おい、行くぞ」と声がかかっても、「いや、今日は行かない」とお断りします。

あらためて周りを見ていると、そうやって誘いを断っている同僚もよく見かけました。

僕が断ったら、みんなしたり顔でわかってくれました。おい、あいつにも降りてきたぞ、と。当時はパソコンもなかったので、タイプライターに向かい、一気に原稿を打って航空便で送ったのです。


果たして、そのとき閃いた理論は、アメリカ物理学会の有名な学術雑誌に即座に掲載してもらえました。

それがウケて一躍有名になり、ヨーロッパやアメリカのいろんな大学から講演に来て欲しいという連絡が入るようになりました。ノーベル賞受賞者を輩出してるような有名大学へご招待されるのですから、日本人の僕にとってはものすごい状況です。

歴史がある古い階段教室の壇上から見渡すと、僕も名前を存じ上げている、歴史上にも名を残すような有名な教授がずらっと並んでいるのです。

ドイツ人やイギリス人などのその教授連の前で、東洋から来たどこの馬の骨ともわからないような20代前半の僕が、自分の新しい理論を解説して納得させ、最後には笑わせなければならなかったのです。同僚から事前に聞いていたところによると、聴いているお歴々を笑わせられなければ失敗なんだそうです。

笑わせなくてはいけないというのは特に、ものすごいプレッシャーでした。

初回、真面目に準備していった講演は、ボロボロです。緊張して口が回らないような体たらくでした。

次にチャンスが来たとき、またビビっていた僕に、今は逝去されていますが当時有名だったアメリカ人の先生が、

「俺だったら、一杯ひっかけて出るんだけどね」と言ってくれたのです。

一世一代のような講演会に、お酒を飲んで行くなんてとんでもないこと、学会への冒涜だと思っていましたが、その先生は、本当にウイスキーを入れたスキットル（※蒸留酒を

入れるための携帯用容器）を持ち歩いていたのです。

ご自身の講演会でも、お話をしながらさりげなく、ポケットから時々スキットルを取り出しては、ちょっとあおっていました。

それではと、僕も先に軽くワインを飲んでから講演を始めたら、これが実にうまくいきました。

最後に繰り出したジョークにもみんな大笑いしてくれて、拍手喝采です。

「日本人の中にも、こんなにできるヤツがいるじゃないか」という雰囲気になったのです。コツコツ下準備するより、数杯のワインが勝るのかと納得した瞬間でした。

それ以来、僕は講演やレクチャーに向けての準備をしなくなりました。

その代わりにお酒を飲むと、神様がうまく運んでくれるのです。そして、なぜお酒を飲むとうまくいくのかについて、理由は長い間はっきりとしないままだったのです。

ところが、ついにわかったのです。松井守男画伯のおかげで！

そう、「英雄スイッチ」が入っていたからなのです。

先日、ドクタードルフィンと呼ばれる不思議なお医者さんの松久正先生と行ったコラボレーションセミナーで、ドルフィン先生が開演30分前に缶ビール片手に僕の楽屋にいらしたときも、「この人も同じだ」と思いました。

ドルフィン先生は、セミナーで登壇する前に、自分を高めていくために飲んでいらっしゃるようでしたが、先生もそうして「英雄スイッチ」を入れてらっしゃるのでしょう。

2018年9月から神様の御計らいで飲まなくなった僕は、確かにその後、講演会をやりづらく感じていました。

4人の秘書が、

「ちょっと大丈夫？　このままで……」などとひそひそ相談し合うくらい、しょんぼり感が出ていたのです。

そんなことを僕には面と向かって言えないので、断酒から松井画伯にお会いするまでの9ヶ月間、

「体調が多少悪くなっても、お酒を飲んでいたほうがよろしいのでは？」とまで彼女たちに言われてしまうほど、僕の講演会でのインパクトは落ちてしまいました。

しかし、もう大丈夫。松井画伯に「英雄スイッチ」を入れてもらったことがきっかけで、アルコールなしでも、すぐに英雄になれる方法が見つかったからです。

長年の疑問も氷解しました。外国の学会で、ヨーロッパの有名な学者たちと対等にやり合えたのも、ワインで「英雄スイッチ」が入っていたからだと。

スイスに渡る前の半年間、京都の日仏学館でフランス語の勉強をしましたが、そんな短い期間で話せるようになったフランス語などたかがしれています。

しかし、その拙（つたな）いフランス語でも何とか通じさせなければいけませんでした。物理学の授業もフランス語でしなければならないし、仲間と飲みにいくときも、フランス語での会話は重要です。

ワインで口を潤しつつの、テンションが少し上がった状態での話は、ちゃんと通じていたようでした。

そのうちあちらこちらから呼んでいただけるようになり、ドイツに行ったりオーストリアに行ったりすると、そこではフランス語ではなくドイツ語なのです。ドイツ語なんて、大学で単位を落としていたくらいだったので、さっぱりわかりませんでした。

それでも、耳に入ったものを繰り返し使ううちに、ドイツ語も何とか通じるようになりました。ただ、単語を並べるだけの、ガタガタのドイツ語なのにそこそこ通じていたのは、今にして思うと現地のワインで「英雄スイッチ」が入っていたからではないでしょうか。

世界的に見て、日本人は、数学とか物理学の世界ではとても見くびられがちな存在です。

若い日本人が、世界が驚くような理論を閃き、それを英語の学術論文にした原稿がすぐにアメリカやヨーロッパの著名な学会誌に出版してもらえるとか、外国の高名な教授に助手として雇ってもらえるというようなことは、通常はありえないようなことです。

ところが、僕にはそれが起きたのです。ひょっとして神懸かりかなと思っていたのですが、今回松井守男画伯のおかげで「英雄スイッチ」の概念に気づかせていただけたことで、あれは「英雄スイッチ」が入ったおかげだったとわかりました。

人間には誰にでも、「英雄スイッチ」がある。しかし、それは平常時はオフになっているのです。

以前の僕はワインを飲むことによって、そのスイッチを無理やり入れていたのです。ワインを飲んでいないときは、ごく普通のダサい人間でした。

僕も、もちろん自覚があり、ワインを飲んでいた頃には、何か冗談を言われても即答で切り返して笑いも取れましたし、女性とお話しするにも、目を見つめることもできましたが、アルコールを一切摂らない9ヶ月間は、そんなことすらできない、体たらくな状態でした。

ところが、ところがです。京都で開催された松井画伯との対談講演のときには、お酒も飲んでいないのになぜか入ったその「英雄スイッチ」に、僕より先に大阪の秘書が現場で気づき、先日、東京の秘書も気づき、その後会った名古屋の秘書までもが、変化に気づいたのです。

松井画伯がスイッチを入れてくれたのは、いったいどのタイミングだったのかと思い返してみました。

ここに、講演会の最中に主催者の方が撮ってくださった写真があります。左が松井画伯、右に僕が座っています。

打ち合わせなどしていなかったにもかかわらず、喋る側は立つ、聞く側は座るというパターンに自然になっていましたので、この写真のときは松井画伯が僕を見ながら立って話され、僕が松井画伯の顔を見ながらニタニタして聞いています。

入りっぱなしなのです。

終始こんな和やかな雰囲気で進んでたのですが、そのうちに、画伯が僕のことをキリストだ、マホメッドだ、お釈迦様だと話し始めるのです。

僕は、そう言っておられる松井画伯の目を見ていました。

今でも、目を閉じた瞬間に瞼の裏に、松井画伯が、僕を100パーセント肯定しているという顔で見下ろしてらっしゃる慈愛に満ちた笑顔が、くっきりと浮かぶのです。

瞼を閉じるたびに、浮かんでくる松井画伯のお釈迦様のようなお顔……、それが僕の「英雄スイッチ」を入れてくれたのだと思います。

そのスイッチはオフになることなく、現在まで

◎喫茶「あんでるせん」の怪

実は以前、同じような体験をしたことがあったということも、思い出すことができました。

長崎県佐世保市の、マジック喫茶「あんでるせん」でのことです。そこはハウステンボスからほど近い、ＪＲ川棚駅の駅前にある、一見、ごく普通の喫茶店です。

それは、４、５年前の話です。それまでにもお付き合いがあった安倍昭恵さんから連絡があり、

「明日、面白いことがあるから、ハウステンボスに来てくれませんか？」というお誘いでした。

そう言われると行かない手はなく、あえて何があるかなどの詳細は聞かずに向かいました。

ハウステンボスのリゾートホテルには、全国から30数人の方々が集められていました。

そして、今日は前夜祭だというのです。僕は夕方に到着して、その前夜祭にも参加する

ことができました。みんなでお酒を飲んで、それぞれの自己紹介が始まり、そこでようやく内容を把握できたのです。

翌朝11時から、その「あんでるせん」を借り切って、皆でマジックショーを楽しむ、というイベントだったのです。

それで、前日から皆で盛り上がろうという前夜祭だったわけです。実際に盛り上がったことは言うまでもなく、結局明け方の4時頃まで飲んでいました。

そして、ほとんどの人が寝不足状態で、「あんでるせん」へと向かったのです。

僕も、マジック喫茶だけでなく四次元パーラーとも呼ばれる「あんでるせん」の噂は耳にしていましたが、実際に訪れたのは初めてでした。

四次元パーラーの由来は、マスターが見せてくれるマジックショーが、単なるマジックをはるかに超越した、完全に超能力としか思えないようなエンターテイメントであることからきています。

そこは地方の駅前によくあるような古い喫茶店で、ルールといえば、１人８００円以上の料理を頼むことくらいです。食事が終わって残っていれば（そこで帰る人もいないのですが）、ショーを見せてくれるということでした。

昭恵さんが、

「とにかく８００円以上のものを注文してね。できるだけ早くショーを見せてもらいたいから、簡単に作れて簡単に食べられる、カレーがいいわよ」と皆に伝えてくれました。

そこで、僕はカレーライスを注文し、他の人たちもスパゲッティナポリタンなど簡単そうなものを注文していました。

マジックショーの演者でもあるマスターが料理を作り、マスターの奥さんがそれを運びます。食べ終わった食器は、また奥さんが下げてくれ、そして、厨房の洗い場でマスターが全部の洗い物をすませて、すっかり片付けが終わってから、やっとマジックショーが始まるのです。

そのときは、１時頃に始まりました。

カウンターの中がステージとなり、そのカウンターの席が全部で7席ぐらい、その背後に10人くらいが立ち、さらにその背後にまた段がしつらえられて10人くらい立つという風に30人ちょっとが並んで観覧します。

その座ったり立ったりする位置は、マスターの奥さんがてきぱきと采配を振るい、あなたはこちら、あなたはあちらと決めていきます。

そのときは気がつかなかったのですが、後で、マスターの奥さんも只者じゃないとわかりました。

マスターは、カウンターの中に立ってこちらを見ていますが、マスターから見て、顔がはっきり見える範囲には、いわゆる超常現象を信じているような人しか座らせないからです。明らかに疑っているなと思われる人は、端のほうの位置になっていました。

一番、疑っていたように見えた人たちは、もともとは最前列のカウンターに座っていたところを、両端に移動させられていました。

奥さんが、全員初対面なのに一目で見きわめて位置決めをしていきます。

そのときの、カウンター前の真ん中の席に座らせてもらえたのは昭恵さんでした。その後ろが僕です。

そのときは、昭恵さんが著名人だからかと思っていたのですが、実はそうではなく、ちゃんと理由があって選ばれていたのです。

いよいよ、マジックショーの始まりです。まずは、一般的な手品でもありそうなことをするのですが、だんだんと、手品の範疇を逸脱したようなことが繰り広げられていくのです。

事前に番号札を渡されていて、その番号で呼ばれてアシスタントをお願いされることもあります。

僕は3回、アシスタントに当たりました。見ているだけのときは、まだ半信半疑なところがありましたが、アシスタントとしてお手伝いをしたときに、「ああ、この人は本物の超能力者だ」と信じるようになりました。

1回目のお手伝いは、簡単なものでした。サイコロを渡され、両掌の中に入れてガチャガチャと振って、上にどの目が出ているかを見ることなく当てるというものでした。

「今、5が出ています」というマスターの言葉の後、上部を僕が片方の手で隠していたのを外して、

「本当だ、5だ」と、確かめてから皆に見せるのです。

そして、2回目にお手伝いしたときです。笛を渡されて、ＡＫＢの曲がカラオケでかか

りました。

僕が、その曲の途中のタイミングで4回笛を鳴らします。マスターは、トランプをずっと繰り続けます。

1回目に僕がピッと鳴らしたところで手を止めてカードを表にし、またトランプを繰り続けます。2回目のピッで次のカード、3回目のピッで3枚目のカード、最後の笛で4枚目というように四つの数が出そろいます。

すると、

「あれ？　初めてだ、できなかったのは。失敗しちゃった。ごめん、もう1回やらせて」とマスターがおっしゃいました。

「失敗したことないのに」とぼやきながら。

また4回笛をピッと鳴らして、マスターはそのたび手を止めて……あら、またダメだと言って結局、3回目までダメでした。

マスターが、

「次、失敗したら、これはやめますから」と言って、最後の1回をやることになりました。

「よく、曲を聴きながら吹いてくださいね」と言われ、そのときに僕はようやく、「曲を聴きながら吹かなきゃいけなかったのか」と気がついたのです。

その曲には興味がなかったので、マスターが、ひたすらカードを繰っている手元を見て、適当なタイミングで笛を吹いていたのです。

3回もマスターが「失敗した」と言うので、「いったい、何をやりたいのだろう」と思っていました。4回目は、言われたとおり、ちゃんと曲を聴きながら4回吹きました。

その都度、マスターが、繰っていたカードを1枚表にして、最後に、

「やっとできた。よかったー」と笑顔になったのです。

その曲は、歌詞の中に数が出てくるのです。「8ヶ月前の」や、「2人の」など、そういった数のカードを、僕が適当に笛を吹いた順番に見事に出して見せたのです。

そのときに、僕はハッと気がつきました。

最初、僕は3回とも音楽は無視していて、耳に入っていませんでした。マスターの手元だけを見て適当に吹いていた3回は、うまくできなかったのです。

僕が初めて意識を音楽に向けて、ピッと吹いたらできた……。もし、それが単なるマ

ジックだったら、僕が音楽を聴こうが聴くまいが、関係なくうまくできていたでしょう。

それで、僕はマスターの超能力を完全に信じるようになりました。

次にマスターが昭恵さんに、横の壁に貼られていた佐世保バーガーのポスターの中の写真から、

「どのバーガーが欲しいですか」と聞きました。

昭恵さんは、

「フィッシュバーガーかな」と答えます。

それを受けてマスターが、ポスターにあるフィッシュバーガーの写真の所をぐっとつかむと、そのバーガーがポスターからむむむっと出てきたのです。

まずは半分くらい出して、そこで止める。すぐ近くでじっと見ていると、ぽろっと野菜が落ちたりして、ちゃんと本物なのですね。

さらに残り半分を、ぐぐぐっと全部出したら、なんとポスターの中からその部分の写真がなくなっているのです。

マスターがそれを、

「食べられますからどうぞ」と昭恵さんに渡しました。

しかし、さすがの昭恵さんも、開いて匂ったりはしても、食べようとはしませんでした。他の疑い深い人が、すぐそのポスターを剥がして後ろを見てみたら、そこは普通の硬い壁でした。

こんな超人的なことを、これでもかというようにやって見せてくれ、僕は昭恵さんの後ろに立って、じっと見ていました。

ふと気づくと、マスターが僕のほうをずっと見ているのです。

松井画伯が対談のときに僕に向けてくれていたのが、ちょうど、あの「あんでるせん」のマスターのような目と表情でした。夕方になって4次元パーラー「あんでるせん」の店内で解散して帰るとき、電車の中でずっと、目を閉じたらあのマスターの若々しい顔が、瞼の裏に浮かんでいました。

昭恵さんと一緒に行った人たちの中に30年前の学生の頃、「あんでるせん」に行ったという男性がいて、

「マスターは30年前からちっとも変わってませんね」と唸っていました。

おそらく、実年齢よりもかなり若く見えているのだと思います。

松井画伯も、77歳とのことでしたが、ずっとお若く見えました。

◎「あんでるせん」のマスターからの伝言

対談講演会があった日、松井画伯はその日のうちに東京に移動して、翌日の日曜日にフランスに戻られるとのことでした。

僕は主催者たちと晩ご飯をご一緒してもよかったのですが、自分の心地良い感じの余韻に浸りたいという気分になり、用事があるとお断りして1人で食事をすませ、ホテルの部屋でぼんやりしていました。

翌日は、僕がキリストの活人術を基本にした合気道を教えている名古屋の道場に行きました。

すると、門人の女性が待ち構えていて、

「これ、ことづかりました」と袋を渡してくれたのです。

驚いたことに、それは「あんでるせん」のマスターからでした。

その女性は若い頃から「あんでるせん」に強く惹きつけられていたのですが、それが高じて13年間、「あんでるせん」のそばに住んで通い詰め、マスターとは友達になった人です。

今は名古屋の近くに戻ってきているその女性に、マスターから、「ちょっと、おいでよ」と電話が入ったのだそうです。

昔から彼女が電話をすると必ず取ってもらえて、「行きますね」と事前連絡の後にお店に行くと、「待ってたよ」と言ってくれるのだそうです。

ちなみに、「あんでるせん」は予約が必要ですが、予約を取ろうと電話をしても、出てもらえない場合が多いといいます。きっと、ご縁のある方からの電話しかつながらないのではないでしょうか。

でも、今回は初めてマスターのほうから電話がかかってきてお呼びがかかったので、久しぶりに「あんでるせん」に行ってきたとのことです。

そうしたら、この僕と同じことをおっしゃるのだそうです。

「今、あの世とこの世の壁が本当に薄くなっている。わかる人にはわかるんだけどね。今はもう、誰でもが僕のようなことができるんだよ」と。

彼のように超人的なことが、誰にでもできるというわけです。

「その事実をみんなに、今こそ知ってもらわなきゃいけない。だから、あなたを呼んだんだよ。僕がすることを、あなたは一番たくさん見ているし」

さらに、僕が名古屋の道場で不思議な合気道を教えているということも、その女性が言わなくてもわかっていたというのです。

そして、天皇も変わられ、特に今、この時代だからこそ僕にこれが必要だからと、御守り代わりのスプーンを託してくださった。

僕が「あんでるせん」に行ったときに、いただいていたのと同じものです。

それは、マスターの超能力で螺旋状にぐるぐる巻に曲げたスプーンで、ちゃんと「Kunio」と、僕の名前を書いてくれていました。

前にいただいていたものは、みんなに見せたこともあり、マジックで名前を書いていただいた所が、だいぶ剥げていたのです。それが、ちょうどリニューアルされたなと思いました。

今、僕に必要だから渡してくれとその女性に託してくれたそのスプーンが、タイミング良く松井守男画伯に会った翌日にもたらされたのです。

そのおかげで、額の裏にまた、あのときの「あんでるせん」のマスターの目と表情がよみがえってきました。同時に、松井画伯の顔と目もとても似た印象があったということに気づくことができたのです。

古いスプーン

新しいスプーン

そうか、２人とも、僕の「英雄スイッチ」を入れてくれる、宇宙人のような方たちなんだな、と思えました。

◎宇宙人保護プログラム⁉

これも、２年半くらい前にあった面白い出来事です。

「やっぱり、『あんでるせん』のマスターは宇宙人だったんだ」と再認識したことがありました。

兵庫県と大阪府の県境、摂津の国の北のほうの丹波・丹後あたりに行って、古い神社に案内していただいていたとき、知り合いから１本の電話がかかってきました。

「ご存じですか？　今、情報が入ってきましたが」

「何でしょうか？」

「『あんでるせん』のマスターは、やっぱり宇宙人だったんですって」

「なぜそんなことがわかったのですか？」

というやりとりに続いて聞いてみると、陸上自衛隊に「日本に滞在する宇宙人を保護するプログラム」という機密作戦があって、それが初めて発動されたのだそうです。

「あんでるせん」のマスターの存在をロシアに感づかれて、ロシアのスパイがマスターを拉致する可能性が高いという情報が、秘密裡に政府に入ってきたのだといいます。

それを受けて、かねてから陸上自衛隊の中に極秘に作られていた、宇宙人保護プログラムの実行部隊が初めて動き、伊丹の陸上自衛隊駐屯地の中にある、秘密施設にマスターを匿（かくま）っているというのです。

「だから、やはり彼は宇宙人だったんですよ」と電話での話は結ばれました。

それにしても、「そんな部隊が陸上自衛隊にあるなんて信じられない」と思いつつ、僕はそれを、東京であった３００人規模の講演会で話しました。

すると、参加者の中に、その前の週に「あんでるせん」に行ったという女性がいて、講演の後に声をかけてくださいました。

「私、前の週に『あんでるせん』に行きましたが、マスターはお元気でちゃんと営業もなさってましたよ」

電話はもう、2週間前くらいのものだったし、匿う必要がなくなってお店に戻ったのかなと思いましたが、その女性は、

「私、来月も『あんでるせん』に行きますから聞いておきますね」と言ってくれました。


その後、僕に連絡をくださったところによると、マスターはその陸上自衛隊の話は知らなかったそうです。でも、僕にマスターのことを思い出してもらいたいが故に、何らかの連絡がいくようになさったのだというのです。

確かに僕の頭の中からは、マスターのことはもう消えていました。「あんでるせん」に行ってから1年くらい経ってしまって、僕としてはマイブームが去っていたのです。

しかし再び瞼の裏に、マスターの映像が浮かぶように仕向けるため、インパクトのあるエピソードが伝えられたのでしょう。

陸上自衛隊うんぬんというのは、がせネタが転がって、なぜか僕の知り合いの所に情報として伝わって、僕に連絡してきたということではないでしょうか。

それは結局、「あんでるせん」のマスターのことを忘れないために生じた必然的な流れ

だったのです。

松井画伯と会った翌日に行った名古屋でマスターからの言伝（ことづて）があり、マスターの目と顔が瞼の裏に浮かび、松井画伯も同じ目と顔をされていることがわかり、お2人とも同じように宇宙人で、すごい超能力者で、僕の「英雄スイッチ」を入れてくれる方々なのだと直感しました。


「あんでるせん」に行ったときはその日の朝4時までお酒を飲んでいましたので、「英雄スイッチ」を入れてもらったことに全く気づかなかったのです。

しかし今回、松井守男画伯に初めて会って「英雄スイッチ」を入れてもらった翌日、名古屋道場でこんな出来事があり、やっと、

「お2人の共通点はこれだ!」と閃くことができました。

こうして、少なくとも今現在、僕の「英雄スイッチ」を入れてくれる人物を2人知っていることになったのです。

◎「英雄スイッチャー」になれ！

話は変わりますが、先日たまたま、『ミケランジェロ・プロジェクト』というハリウッド映画を観ました。

第2次世界大戦中に、ナチスドイツが、ヨーロッパ中の名画や貴重な美術作品を全て、密かに奪取してドイツに持ち帰り、終戦後、ヒトラーのために美術館を作ろうとするのです。けれどもドイツが負ければ、それらの美術品は全て焼かれてしまう可能性が濃厚でした。

そんな機密情報を知ったアメリカのハーバード大学の美術史の教授が、「戦争が終わったらヨーロッパから、貴重な美術作品が消えてしまう」と危惧してアメリカ大統領に直談判し、美術品を奪還する作戦を提案しました。

すると、「じゃあ、あなたたちでやりなさい」と言われて、たった10人ほどの美術関係者だけを集めた特殊部隊が結成されます。

これは、実話とのことでした。この部隊は本当に、何万点という美術品をナチスの手から奪い返し、元あった場所に戻したのです。そのおかげで今もなお、有名なミケランジェロの作品なども無事に残っているのだそうです。

その奪還作戦は「ミケランジェロ・プロジェクト」と呼ばれました。

フェルメールの油絵1枚をナチスドイツから取り返すために、大勢の兵隊が死んだりするのです。

表面では人間の命が最も尊いとしているのに、実際には絵のほうが大事にされているではないかと反対の声が上がり、軍人たちはもう美術品を焼き払ってしまえと主張するのですが、ハーバード大学の先生は、

「長年の文化というものは、一度消えたら人間の命と同じで、もう二度と手に入らないんだ」と、命をかけて守ろうとします。

僕はあまり、映画を真剣に観ることはないんですが、その映画は最後までずっと観入ってしまいました。

そして、映画の中で、ピカソなどの素晴らしい芸術家の絵が焼かれてしまうのを観ていて、ふと、「松井守男画伯に見られていたときに『英雄スイッチ』が入ったように、画伯の絵を見てもスイッチが入るのかな」と思いついたのです。

それで、パソコンにあった以前『神の物理学』と題する本のために送っていただいてい

た松井画伯の絵のデータを開いてみました。

するとやはり「英雄スイッチ」が入ったように思えました。すごい絵というのは、フェルメールにしろ、ピカソにしろ、松井守男画伯にしろ、画家の「念」とでもいうような「何か」を「放っている」ようです。

少なくとも僕にとっては、松井画伯が描いたものを見るのは松井画伯の顔を見るのと同じで、「英雄スイッチ」が入るのです。

映画の中では、さらに音楽もそうだという件がありました。

「美術品も音楽も人間の文化、それらが人間の魂を揺さぶるという点においては同じもの」という、ぽろっと出てきたせりふに合点がいったのです。

ただ、モーツァルトやベートーベンなどといった巨匠の音楽は、楽譜がありコピーもできるので、再現可能ともいえます。

けれども、美術品はコピーでは意味がない一点ものです。だからこそ、ヒトラーが自分の国で独り占めしようとしたのですね。

現代人に人気のあるポップス、ビートルズもいいですし、僕はサイモン&ガーファンクルなど、非常に好きですが、やはり、モーツァルト、ベートーベン、メンデルスゾーンといったあの時代の交響曲には、まるっきり敵わないのです。

大好きなサイモン&ガーファンクルも、あらためて聴いてみましたが、「英雄スイッチ」が入らないということがわかりました。その他、ポップスでボーカルもきれいで素晴らしい曲をいくつか聴いてみましたが、スイッチは入りません。

ところが、いわゆる交響曲を聴くと、「英雄スイッチ」がことごとく入ってしまう。クラシック音楽だけではなく、人気映画『スター・ウォーズ』のテーマでも「英雄スイッチ」が入ります。

映画については、主人公になったような気になって、さっそうとした気分で映画館を出られるものと、そうではないものがあります。

あの差はどこにあるのかと考えてみると、場面、ストーリー、音楽などのどれかで「英雄スイッチ」が入ることがある、そうすると、映画館を英雄になった状態で出て行けるのです。

もちろん、人によってそれぞれ合うものと合わないものがあるのだと思います。誰もが、僕と同じもので「英雄スイッチ」が入るわけではないはずです。

僕の場合は交響曲や松井画伯の絵などですが、例えばプレスリーのほうがスイッチが入る人もいるでしょうし、ローリング・ストーンズということもあるでしょう。

絵についても、もちろん松井画伯以外の画家の絵でスイッチが入る人もいるでしょう。

人物だったら、僕の場合は「あんでるせん」のマスターと、松井守男画伯。

例えば宗教家といわれるような人々、つまりキリストや、マホメッド、お釈迦様といった人たちは、その当時のお弟子さんたちにすれば、「英雄スイッチ」を入れてくれる人であったに違いありません。

キリストの12使徒は、キリストに見つめられるだけで「英雄スイッチ」が入った人たちだと思うのです。

お釈迦様の弟子たちも、マホメッドの弟子たちもそうだったはずです。近代でいえば、アルカイダのオサマ・ビンラディンも、彼の主義主張だけでは、若者が命をかけてまでテロを起こすことはなかったと思います。やはり、ビンラディンに見つめられてスイッチが入った若者が、誤った理解ではありますが、自分では英雄になって、自爆スイッチを押したのです。

ゲバラ、旧ソ連のレーニン、スターリン、習近平もそうでしょうし、毛沢東もそうでしょう。それからヒトラーも、はっきりと認識はしていなかったでしょうが、不特定多数の人の「英雄スイッチ」を入れる方法を知り、それを悪用したのではないかと思います。

英雄の雄は、オス（雄）と書きますが、男性に限った話ではありません。

女性でも、ジャンヌ・ダルクのように、そのあたりの農家の娘さんのスイッチが入り、フランスの危機を救ったということもあります。後に魔女裁判にかけられて焼かれるわけですから、悲惨な末期ではありましたが、女性にも「英雄スイッチ」が入るのです。

歴史的に見ても、女性や子どもが立ち上がって、人民を扇動して危機を乗り越えたり、多勢に無勢でも勝利したりという出来事がたくさんありました。

ですから、松井守男画伯が気づかせてくれた、この「英雄スイッチ」というものは、誰にでもあるのです。

この、「英雄スイッチ」を入れてもらえるという事実を皆さんに知っていただいた上で、自分はどうやったらスイッチがオンになるのかを探してみてください。

音楽や絵などでもいいですし、アルコールやたばこといった、嗜好品でもよいでしょう。

また、最近、医療大麻などがよく話題になっていますが、ひょっとすると古代の日本の知恵では、大麻も「英雄スイッチ」を入れるツールだったのかもしれません。

国を統治する卑弥呼のような人たちは、そのことを知っていて使っていたのではないかと想像します。

また、特に古代の日本では、男性たちの「英雄スイッチ」を入れることができる女性が、古代、日本を統治していたのだと思います。

それこそ、卑弥呼のように、女性がその気にさせるのです。

『魏志倭人伝』に、卑弥呼は鬼道によって人々を惑わしたと記されていますが、それは、人々の「英雄スイッチ」をオンにしたということなのではないでしょうか。

例えば、戦に行くことになった男たちに、「本当は、自分が死ぬかもしれないような殺し合いの場に出たくない」という気持ちがあっても、「英雄スイッチ」を入れられてしまえば、臆病風に吹かれることなく、冷静に、世のため人のために戦ってこられたに違いありません。古代の女性は、どうすれば男性の「英雄スイッチ」が入るのかを知っていたと思います。

現代でも、特に若い世代では、女性のほうが強いようです。今の世の中、下は小学生に至るまで圧倒的に女性がリーダーです。男の子はもう女の子の言いなりです。

それがだらしないという声もありますが、そうではありません。本来、それがまっとうな日本社会の姿であり、女性がリードして男性を使う、「顎で使う」くらいでよいのです。


令和の御代に入り、そうした風潮がますます強まっていくように思えます。

これからは、女性がもう1つ深く、男性をリードしていければよいですね。

会社だったら同僚や部下、あるいは上司でさえも、家庭だったら夫や息子の、それぞれの「英雄スイッチ」を入れる役割を担う。それが、令和の時代の女性の役目だと思うのです。それこそが、新しい世の中の、新しい神道、「神ながらの道」です。

ひたすら、「男性の『英雄スイッチ』を入れる」という「神ながらの道」を、女性が歩んでいけたらいいなと思います。

お酒をやめたことで、この「英雄スイッチ」の概念に気づくことができて、本当に幸運でした。


今、僕は、好きなときに「英雄スイッチ」を入れることができます。「あんでるせん」

のマスターと松井画伯の目を思い浮かべるだけで、すぐに英雄です。

この2人は僕にとって、「英雄スイッチ」を入れてくれる存在ですが、そうした人を僕は、「英雄スイッチャー」と呼ぶことにしました。

実際のところ、女性のほうがわりと簡単に「英雄スイッチャー」になれると思います。

日本という国では、卑弥呼伝説から推し量ることができるように、女性が様々な技法を用いて男性の「英雄スイッチ」を入れて、国のために尽くさせてきました。

イギリス王室もそうです。女王陛下のために、ナイト（騎士）たちが命をかけるのです。フランスの社交界もしかり、マダムを楽しませるために、大勢の男性がはせ参じます。

1人の女王様やマダムを、何十何百の男性が取り巻き、競い合い護っていく。本来の政治、国を維持するのに、ヨーロッパ、日本、どの国も、そうしてきたのです。

令和元年、「英雄スイッチ」を入れる方法を見つけ、あなた自身も、「英雄スイッチャー」に変身するときです。

世の中を変えようとしても、それはなかなか難しいことですが、身近な人の「英雄スイッチ」を入れてあげることはできるはずです。

◎新しい神拝作法

さて、「英雄スイッチャー」になるには、様々な方法があると思いますが、神様のお力をお借りするのが一番良いのではないかと思います。

卑弥呼の時代にも古代の神ながらの道があり、その後、神ながらの道もだんだんと進化していって現代に至ります。そこで、この令和元年に、女性が気軽に実践でき、かつ、それによって、周囲の男性の「英雄スイッチ」が入るような、新しい神ながらの道の作法を提示していきましょう。

神ながらの道というのは、新しい・古いはないのですが、昔からの一貫した流れがあります。

その中でも、神拝作法（※神を拝む作法）というのは、戦後になって、2礼2拍手1礼など、型にはめられてきました。

これは、日本神道の霊力を恐れたアメリカ進駐軍が神道を形骸化するためにねつ造したような作法ですから、一度それを崩してしまい、新しく令和元年のために再構築したものがあります。

その中でも、女性が簡単に身につけられる作法を、ぜひここで紹介したいと思います。

近年、神社巡りが流行っています。

どの神社でも、驚くぐらいたくさんの参拝客が列をなしていますね。

特に若い女性が多く見受けられ、神社巡りのガイドブックを片手に、御朱印（ごしゅいん）を集めるのが趣味、という方もよくいらっしゃいます。

参拝の行列は、以前は初詣以外ではあまり見かけることはありませんでした。

そもそも、神社においては、列を作って待つという概念はなかったはずなのです。

神社の神職に確認もしましたが、以前は誰かが参拝していても、その横に勝手に立って、並列で参拝していたのです。

ところが、この5、6年くらいでしょうか、特に女性や若者が神社に行き始めてから行列ができるようになったのです。

今や、参拝している人の横に立つと睨まれてしまう。それは何か、神道の本質からずれているように思います。

しかも、「恋人ができますように」とか「大学入試に合格しますように」といった、自分の願望ばかりをぶつけるようになってしまっているのです。

神社というのは、自分の願望をかなえてもらえるように神様に訴える、そんな場所ではありません。

一年中、大勢の客がやってきて個人的な願望を吐き出すので、今では神社の空間は、霊能力を持つ人や見える人にとっては、おどろおどろしい場所、穢れ地のようになってしまっています。

穢れが多すぎて、祓いきれないのです。月に何度かの穢れ程度なら祓えるのですが、今や神社のキャパシティを超えてしまっているのですね。

神社には、建てるときの作法もあり、どういう場所に神社を建立するかというルールや見分けかたがあります。

現代ではパワースポットなどというそうですが、そこに立つと清々しい場所というのは、日本全国にたくさんあります。

中でも、周り、四方の土地より高い所、周囲が見渡せて空も開けているといった、地形的な条件もあるのです。

それに合致し、かつ、気が良い所だとか、龍穴のように、龍が昇るかのように地球の気が湧き立っていく所だなどと霊能力者の目に映る場所などです。

ただ、様々な理由で、そういう条件とは合わない、平地や谷などにも、神社はたくさん存在します。神社の数は未だに、コンビニの数より多いのです。そんな条件外の場所にある神社というのは、本来のものとは違う意味を持っています。

そこに昔、権現様という、西洋でいう天使が出現して神懸かった現象が起きたことを記念して建てた「権現神社」もその1つです。あるいは、物の怪などが現れたときそれを神様が退治してくれたことを祝って建てる、あるいは、天災などを祟りとして捉え、生贄(いけにえ)になって鎮(しず)めたという村の若い女性を○○姫という神様として祀(まつ)るために建てる、といった理由があったのです。

人間社会のドロドロとした面を封じ込めたり、あるいはそれを忘れないようにする場所という意味を込めたものとしても、神社は建てられたわけです。

若い人たちが神社全てを同じ御利益があるものと考え、由来も知らずに訪れて、「○○

運が良くなりますように」と願っても無意味なのです。

本来の条件である、小高く清明な場所であれば、お祈りもまだ合理性があるのですが、昔、女性が生贄になって荒ぶる龍を鎮めたというような謂(いわ)れの神社に行って、「大学に合格しますように」などと願えば願うほど、よけいに怨念が深くなります。

今や、日本全国津々浦々の神社が、ほとんど穢れの多い場所になっています。ですから、むしろ行かないほうがよいくらいなのです。

ましてや最近では、大勢の人があちらこちらを訪れて、怨念を運んでいたりしますから、清明だった所にも、邪気が漂っていたりするようです。

もはや、行くか行かないか、どちらかを選べるのでしたら行かないほうが無難ではないでしょうか。行く先に神社の鳥居が見えたら、できるだけ迂回して行ったほうがよいくらいです。

ただ、それなら神様のご加護は全くいただけないのかというと、そうではありません。

実はキリスト教も同様になっていて、教会の在り方が本来の形から遠ざかり、キリストの教えを実践する所だったはずなのが、形骸化(けいがいか)されてしまっています。

例えば、カトリックの神父たちのモラル低下により発生した多くの問題について、ローマ法王が頭を下げるといった事態が頻発しています。

キリストの言葉をその弟子たちが記して残したものを、福音書と呼んでいます。ローマカトリック教会が承認し、自分たちに都合の良い福音書だけをまとめたものが、新約聖書と呼ばれているものです。

ところが、本当は、彼らにとってあまり都合の良くない福音書もあります。

それが、マグダラのマリアによる福音書や、弟子のトマスによる福音書です。これらは、ローマカトリック教皇会が嫌い、未だに認めていない福音書なのです。

特にトマスの福音書には、「教会には私はいない」と書かれています。代わりに、「畑を耕すとき、石をどければそこに私がいる。森で木を切れば、そこに私がいる」と記されているのです。

つまり、「日々の働きをしてる場所に、私はいつも皆さんと共にいるんだよ」という、キリストの本当の言葉を残しているのがトマスの福音書なのですが、それを偽書だと決めつけて、カトリックは認めないわけです。

しかし、僕はトマスの福音書のほうが、真実を語っていると思っています。

ヨーロッパの教会も、日本の神社と同じようにたくさんありますが、やはり神社と同じく「どうかお金持ちになりますように」「〇〇がうまくいきますように」という願望や欲望をぶつける場となっています。

信者さんだけでなく神父さんや牧師さんまでもが、自分の欲求を満たしたい、自分の思いどおりに信者を動かしたいなどと、キリストが語ったこととは真逆の方向に向かいつつあるのです。

世界的に見てもそんなひどい状況下において、この令和の時代から女性が、周囲の男性たちの「英雄スイッチ」を入れることにつながる神道の作法とは、いったいどんなものなのでしょうか？　そして、そのためにはどこに行けばいいのでしょうか？

日本には、パワースポットと称する、龍穴のような場所があります。

しかし、そういったものは、まず皆さんがお住まいの近くにはありません。

とても遠方だったり、何時間も山を登らなくてはいけないような場所だったりして、思い立ったときに気軽に行くわけにはいかないですよね。

やはり、日常的に、思い立ったが吉日、すぐにできることが必要だと思います。

ここで日本の気候について述べますが、特に外国から戻ってきたときには、すごく湿気を感じます。

飛行機のドアがパッと開いたら、外の空気がブワッと入ってきて、瞬間、「うわ、こんなに湿気があったんだ」と思います。

フィリピンのとある村に、学会のために1、2週間ほど滞在したことがあります。

あちらは夕方になったら必ずのようにスコールが降りました。ハワイでもそうです。

でも、不思議なことに、雨が降っているときですら、そんなに湿気を感じないのです。

雨が上がったら、もっと感じない。

島ですから周囲は海で、ジャングルもあります。夕方にはスコールがきて、数値で計った湿気は高いのに、肌に感じる湿気は少ないのです。夜、寝るときもそんなにジメジメした感じを覚えません。

フィリピンでは、小学校の先生をなさってる方の家に泊めていただいたのですが、エアコンもないのに、湿気で参ったという記憶はありません。暑いことは暑いのですが、空気はサラッとしていたのです。

また、台風による大雨の最中に韓国に行ったときも、空気はサラッとしていました。ところが日本に帰ってくると、とたんに湿気を感じます。

あるとき、ふと気づきました。我々日本人が、この日本で湿気と感じてるものは、ご神気、神の気だったのではないか、と。

「湿気」ではなく、「神気」です。日本列島の上空から日本列島を含むこの空間は、そのまま神様なのです。ご神体、つまり神の体なのです。

神の体内にこの日本列島があり、そこに我々は暮らしているのだというわけです。私たちを包むこの空気は神様の体内の気、それを私たちは湿気と感じるのだと、ついに気づくことができました。

未だに日本列島全域、周囲の海に至るまで、神に包まれているということです。

そういう意味でも、日本は神国なのですね。

ですから、日本中どこであっても、我々は神の領域、神の中にいるのです。

わざわざ伊勢神宮に行くこともないし、高い山の上の奥宮に行くこともないのです。

今、自分がいる所、部屋の中でもどこでも、まさに神様が在わす所、神様の中なのです。そんな状況を「中今」と呼んできたと考えることもできるのではないでしょうか。

実際に、こういう考えでお参りすることを勧めているのは、イスラム教です。

イスラム教では日に数度、メッカに向かってお祈りをします。そのために敷くマットを、信者の皆さんはお持ちになっています。

お祈りの時間と決まっているそのときにいる場所、職場にいたら職場で、出先だったらそこで、マットを広げて祈ります。モスクに行ってお祈りすることが一番なのでしょうが、行かなくてもよいということです。

イスラムの預言者マホメッドの教えはかなり科学的な内容なのですが、とても受け入れやすくなっています。

同じように、日本においてもわざわざ神社に行く必要はないのです。

先述のように、むしろ行かないほうがいい。ご自分のお部屋の中、職場、どこでもかまいません。イスラム教のように、日に何回も祈る必要もありません。

ふとそう思ったときが一番良いのです。「思い立ったが吉日」です。あのことわざは、実はそういう意味なのですね。

ふと、「神様に今、ありがとうって言いたいな」と思ったときが吉日で、そのタイミングで、たまたまそのときにいた場所でお参りをします。

そのお参りの作法についても、神道だからといって、皇居のほうに向かってなどという決まりは何もありません。方角はどちらを向いても大丈夫なのですが、それでも気になるという場合は北を向いてください。

神様は南に向いていると伝わっています。そこで、神様に向き合って頭を下げたいなら、北を向くことになります。

もともと、古い時代の神道は北斗七星信仰なのです。陰陽道も同じです。

夜星を眺めると、ほぼ1年をとおして見られる北斗七星など北天の星々が輝いています。その中でも、北極星だけが動かず、その周りを全ての星が回っているように見えます。

そこで、宇宙の調和、宇宙森羅万象のありのままの流れを象徴するのが北斗七星だと考えられてきたのです。

これが北斗七星信仰、あるいは北極星を天帝と呼び、天帝信仰に他なりません。

宇宙森羅万象の背後にある秩序、法則、そこに神の存在を見出しているのが古くからの神道なのです。神道の神様は、天之御中主（あめのみなかぬし）という神様なのですが、天之御中主というのはすなわち、宇宙森羅万象の背後で秩序や調和を生んでいる法則そのもののことです。

令和、すなわち「美しき調和」の御代における祈りの作法というものは、「開運させてください」や「お金持ちになりますように」などという個人的なものではなく、日本の神様のご神気、ご神体の中で感謝をするということだと気づいていただきたいのです。

森羅万象に対して、「ありがとうございます」と頭を下げる。ただ、これだけでいいのです。口に出してもよいですし、心の中で念じるだけでも大丈夫です。

◎柏手（かしわで）の力を借りる

そして、感謝の気持ちを込めて、柏手を打ちます。柏手については、現在では常識のようになっている2礼2拍手1礼は、実のところあまり良くはありません。

なぜこうした風習になったのかというと、戦後、アメリカの進駐軍に押し付けられたからなのです。

第二次世界大戦において、アメリカを含む連合国は、アジアの小さな島国の日本に、予想以上に手こずっていました。日本の強さは、神道の力の強さも起因していると考えたアメリカは、その力を封じ込めるために、GHQ（連合国軍最高司令官総司令部）に介入させて2礼2拍手1礼を強制したのです。

ですから、そうした圧力に影響されなかった神社では、今でも、2礼2拍手1礼にしてはいません。

例えば、出雲大社は基本的には2礼4拍手1礼で、大祭礼のときは2礼8拍手1礼になっています。

伊勢神宮ではどうかといえば、「八度拝八開手（はちどはいやひらで）」という作法があります。8回の深い礼の後、8回柏手を打つというものです。ただ、この作法は、祭祀の際に神職が行うものと説明されていますが、もともとは、それぞれお社によって違っていました。

正式な作法について、伊勢神宮の宮司様に教わりましたが、

「伊勢神宮では、何礼とか何拍手とかに限ってはいません。何回でもよいのです。そのとき、感謝の気持ちで心が動いて、神様は本当にすごい、素晴らしいという思いを表現するということですね。例えば、大好きなタレントさんに会って気持ちが高揚して、ワーッ

と手を叩く、そんな表現でいいのです」ということでした。

ですから、伊勢神宮の内宮で「天照大御神様（あまてらすおおみかみさま）、ありがとうございます。ご尊敬しております」という思いが10回の柏手となるのならば、その回数でかまいません。

もちろん2回でもよいし、全く叩かなくてもよいそうです。

拍手のように音を出さなくても、手を合わせるなり、左右の手を握り合わせるなど、形にはこだわらなくてもよい、ただただ、神様に感謝をする気持ちが大切だということではないでしょうか。


また、天照大御神様についても、人格神として、女性として描かれることもあれば、男性として描かれることもあります。

瀬織津姫（せおりつひめ）なども、「姫」とついた名称から、十二単をまとったような、美しい女性像を思い浮かべがちです。

実際に神社でも、そんな絵で表現している所もありますが、本当はその表現はあまり正しいとはいえません。

瀬織津姫というのは、地の上に雨が流れて、だんだんと集まって滝になり、川になっていく、そうした自然界の流れを表す言葉で、その現象を瀬織津姫と呼んでいるのです。他の例としては、瀬戸内海で渦が巻いたりする、それが速来津姫（はやあきつひめ）です。速来津姫というきれいなお姫さまが、瀬戸内地方に存在していた、ということではありません。

海に潮が満ち、そして干き潮があり、我々は、その潮の流れを利用させていただいて、船を使って中国大陸にまで行けたりもする。ときとしては荒れ狂い、ときには恵みを与えてくれるという、そうした大自然のからくり……そんな自然現象の背後にある宇宙の法則を速来津姫と呼んでいるというように、理解しないといけないのです。

本来の神道においては、「そういう人間がいた」とか、「人間の格好をした神様がいた」というように文字どおりに理解はしてはいけないということです。

古事記でも、伊邪那岐（いざなぎ）、伊邪那美（いざなみ）がご夫婦で島造りをして、目合（まぐわ）ったために最初は水蛭子（ひるこ）ができて……など、全て人として物語っていますが、それらはあくまでも単なる比喩にすぎません。

もともと、宇宙に様々な物質が存在し、それらがだんだん固まってきて、地球のように人間が住める場所ができていったというような自然現象を表現しているのです。

イスラム教のコーランでも、人格神が登場する物語になっていますけれども、教典であるコーランにおいても、宇宙の背後に秩序が存在するために、海ができ、お日さまが昇り、沈み、人が住める世界ができたというように、世界を科学的に捉えているのです。神道においても、古事記や日本書紀にあるような、人とかかわった出来事が本当に起きていた、というように理解してはいけません。イスラム教のコーランと同じで、この世の成り立ちを教えてくれているだけなのですから。

例えば、宮島の厳島神社に行くと、そこに平清盛などの霊も祀られているとされています。

海の中に鳥居がある厳島神社ですが、実は、海の神様である綿津見神をお祀りしているのです。

底津綿津見神、中津綿津見神、上津綿津見神については、ギリシャ神話のネプチューンのように、人格神が海を渡る船を転覆させたりというようなイメージがあるかと思いますが、そのイメージは後世において取って付けたようなものです。

厳島神社の本当の役割には、海、中でも特に瀬戸内の海が、どのように人々の役に立っているか、危ないときの状態はどのようか、そんな事象に皆さんの気持ちを向けるということがあります。海が我々を育んでくれ、恩恵をもたらしてくれる。一方で、海を軽んじたらときとしてこういう仕返しがくるというようなことです。

厳島神社から海を眺め、「こんなに潮が引いて、鳥居まで歩いていけるようになるんだ。そして時がきたらまた潮は満ちて、鳥居は海に囲まれてしまう。自然の営みってすごい」と感動したら、そこで心ゆくまで柏手を打てばよいのです。

そうした些細なことであっても、実は奇跡が積み重なっています。

特に、この宇宙の中でも地球は奇跡の宝庫です。

例えば、小さな生命であっても、人工的に誕生させることはまだ我々ではできません。宇宙船を飛ばしてはいますが、本当はロケットエンジンだけでは木星までは辿りつけません。途中の衛星や惑星の、例えば地球の周りを月が回っている、太陽の周りを火星が回っている、そういった勢いを利用して引っ張ってもらうことをスイングバイというのですが、そのスイングバイで加速してもらわないと、自力では木星までも行けないのです。

大自然の素晴らしい力を上手に使わせていただいて、初めて我々は太陽系の外側に、宇宙船を送り込むことができるのです。

我々は自然の摂理により生かされてる、助けられている、そう思えるようなことが、身の周りにはたくさんあります。素直な感覚で、そうしたことをすごいと感動できる純粋な心になる……それが、この新しい令和元年において、男性の「英雄スイッチ」を入れてあげられるようになる、重要なポイントです。

卑弥呼になるためには、その純粋さが必要なのです。

その純粋な気持ちに溢れた表情で、男性の顔を見てさしあげれば、「英雄スイッチ」が入ります。

その男性に「英雄スイッチ」が入れば「自分がいい思いができる」とか、英雄と一緒にいて「自分が目立ちたい」などという邪念が少しでもあると、うまくいきません。

神社で参拝して、「五千円も払って正式参拝したんだから、きっとお力を授けてくださるに違いない」などと思っている間は、絶対に実現しません。そういった思いはきっぱりと手放しましょう。

新しい神道の御作法を、理解していただけましたでしょうか？

日常的にも、ふと、「神様に感謝したい」「自然て素晴らしい」などと思ったそのときに、心のままに柏手を打てばよいのです。

◎エクソシストの真実

話は少し飛びますが、僕がスイスで暮らしていたとき、フランス語圏の、ある立派なカトリックの司祭様にお会いする機会がありました。

初めてお会いした相手でしたので共通の話題もないので、ちょうどその頃に流行っていたハリウッド映画『エクソシスト』の話をしてみました。すると、司祭様が、

「いや、あの映画は困ったものです。本当のエクソシストの姿が描かれていません」

とおっしゃいました。

「では、本当のエクソシストというのはどのような人なのですか?」と聞いてみると、

「あの映画に描かれているような、清貧な生活している痩せこけていて真面目な神父ではないですね。『飲む、打つ、買う』といった男の三悪を毎日しているような神父で、その教会がある村人からは、『早く辞めさせてくれ、代わりの神父を寄こしてくれ』とバチカンに嘆願書が繰り返し届くような、でっぷり太った品性も最低の神父が本当のエクソシストです。そうでないと、悪魔に負けてしまうんですよ。悪魔より悪いことを連日しているからこそ悪魔に勝てるのです。映画のような清貧の生活を送っている真面目な神父では

あっという間に悪魔に取り込まれてしまいますから」との答えでした。

そのお話が面白かったので、松井画伯との対談でもその話をしますと、とても驚かれて、

「日本人でエクソシストの実態を知ってるのなんて、保江先生だけだよ！」と、後ろに控えているフランス人のマネージャーさんに、流暢なフランス語で呼びかけていらっしゃいました。

そしてなんと、松井画伯は、その司祭様の話の中に出てきたでっぷり太ったエクソシスト、まさにその人と友達だったのです！

というのは、フランス語を話すエクソシストは、ヨーロッパのフランス語圏内にも１人しかいないそうなのです。

僕が司祭様から聞いたフランス、ベルギー、スイスというフランス語圏のエクソシストという神父、そのものずばりが、フランスに50年以上も住んでおいでの松井守男画伯の友達だったのです。

松井画伯がなぜそんな神父を知っているのかというと、画伯はパリで有名になってか

ら、コルシカ島にアトリエや家を持てるようになりました。

コルシカ島といえば、ナポレオン1世の生誕の地で、奇跡の島とも称される秘境であり、フランス人憧れのバカンス地です。

イタリア半島の西に位置するフランス領の島で、美しい観光地でもあります。

松井画伯は、その美しいコルシカ島の海岸にある、古い石造りの豪邸に、まず住みたいと思ったそうです。そこを手に入れて、しばらく生活していたところ、見知らぬ女性が家に現れたといいます。

最初は、「ご近所の人か島の人が、日本人が珍しいから勝手に入ってきてるのかな」と気軽に思っていたそうです。

しかし、だんだんと人ではないように思えてきました。

作品を描いていると、この世のものではないようなものがよく見えてしまうというご本人は、それでも気にしていなかったのですが、ある日突然、でっぷり太った、いかにもなまぐさ坊主的な神父がやってきたのです。

そして、

「今から除霊するから、出て行ってくれ」と、松井画伯に指示しました。

本当に突然の訪問だったようですが、実は、画伯が、いるはずのない女性が見えるということを知った村人が、村の教会に報告したのが発端でした。

その教会からバチカンに連絡が入って、フランス語圏で唯1人のエクソシストの神父が派遣されてきたわけです。

松井画伯が時々見た女性というのは、悪魔が画伯の作品完成を邪魔するために具現させた迷った幽霊で、エクソシストによって無事、除霊されました。


それ以来、松井画伯はそのエクソシストと友達になり、頻繁に会って一緒にワインを飲んだりしているそうです。

画伯との対談の冒頭で、前述の「ディープブルー」というワインのラベルの話をしました。

そして、それを頼んでくれたお坊さまが会場にいるという話をしたのです。

松井画伯はそこで、「ああ、そこにいる人はお坊さんなのですか。どおりで……」と思い、「あなたは、除霊ができるんですか?」と聞きたかったのだそうです。

なぜかというと、フランスのエクソシストと会場にいたそのお坊さんが、そっくりだったからでした。

「顔かたちや、でっぷりしているところ、お酒を飲むというところも、何もかも、本当にエクソシストの友達とそっくりです」とおっしゃっていました。

なので、対談が終わったら、除霊ができるかを聞きたいと思っていたのだそうです。

そうしたら、初対面の僕からふいにエクソシストの話題が出て、しかも、友人のエクソシストその人の話をするものですから、たいそう驚いたというのです。

ちなみに、フランス人のマネージャーさんも口を揃えて、フランス語で「そっくりだ」と唸っていました。

そのことを2人がフランス語で話しているのを小耳に挟んで、僕は、「話を合わせてるのではなくて、本当にそっくりなんだな」と確信したものです。

このように、松井画伯との対談は、シナリオ、打ち合わせ一切なしのぶっつけ本番でしたが、見事なコラボレーションで、奇跡の対談だったのです。

そのお坊さんは、山口県にある般若寺のご住職でしたが、真言宗のお坊さんです。

写真は、ご住職がなさった護摩焚きの様子です。護摩焚きのときに炎が龍のようになることはよくありますが、これほどはっきりとした形が現れているのは珍しいのではないでしょうか。たまたま一瞬でもくっきりとした形に写っているというのは、龍神様のお力だろうと思います。

護摩焚き

次の写真は火渡り（※護摩を焚き上げた中を渡る修行）ですが、たいていは、ある程度鎮火してから燃えたオキの上を渡るものですが、ご住職は、燃え盛っている最中を渡っています。かなり徳の高い方でないとできないように思われます。

般若寺の六角堂には、古墳時代の最も貴重な発掘物である、茶臼山古墳で出た直径44・8センチの最大の古代鏡と同じ大きさの鏡が納められています。

年に2回のお彼岸には、仁王門の真ん中に、真西に沈む夕日が拝めます。

火渡り

仁王門

六角堂

六角堂の中

◎般若姫伝説

このお寺の地域には、般若姫伝説というものがあります。

般若寺にまつわる興味深い物語なので、ご紹介しておきましょう（※平生町観光協会ホームページより引用・文字使いは原文のまま）。

①玉津姫　豊後へ下る

昔むかし、継体天皇の頃のこと。

奈良の都のある大臣の娘で、玉津姫という世にもまれな美女がいました。

ところが、成長するにつれ顔にアザができ、お嫁にも行けず悲嘆に暮れておりました。

そこで、縁結びの神様として有名な大和国三輪大明神（やまとのくにみわだいみょうじん）に願を掛けたのです。

すると満願（※願掛けの満ちる日）の九月末、夢の中に錦の着物を身にまとい、七宝の冠をいただいた明神が現れて、

「汝の夫となる男は、豊後の国（※今の大分県）三江の山里に住んでいる小五郎という青年である」とのお告げがありました。

玉津姫は、奈良を出て豊後の国へ下り、小五郎という青年を探す旅へ出ました。

②玉津姫と炭焼き小五郎

そしてようやく探しあてると、手足は真っ黒、髪はボサボサの炭焼きをしている男でした。

それでも姫は、

「あなたが小五郎さんですね。私は大和国三輪大明神のお告げを受けて、あなたのお嫁さんになるために、はるばる都から訪ねて参りました」と話しました。

しかし小五郎は、

「おれは、こんなあばらやに住んでいる貧乏な炭焼きだ。結婚なんてできるわけがない」と言います。

姫は、

「たとえ貧乏でもかまいません。私はいくらか貯えがありますから、これで何なりと買ってきてください」と、懐から黄金を取り出し渡しました。

小五郎はその黄金を持って出かけていきました。

しばらくして戻りましたが、手には何も持っていません。

不思議に思い姫が訊ねると、なんと淵にいるおしどりを捕まえようと姫から受け取った石を全部投げたが、一羽も獲れなかったというのです。

姫は驚いて、

「それは石ではなく、黄金という珍しい宝でしたのに……」と言いました。

すると小五郎は、

「あの光る石なら淵の周りにごろごろころがってるさ」と笑いました。

さっそく淵に出かけてみると、小五郎の言ったとおり黄金の石がたくさんころがっているではありませんか！

そして二人が淵に入り身を清めると、不思議なことに姫のアザは消え、小五郎もたちまち美男子に変身したのです。

二人は夫婦になり、やがて長者といわれるほどのお金持ちになりました。

家来も数千人となり、立派な屋敷を建てたということです。

③般若姫生まれる

夫婦はたくさんの人を集めて、三年がかりで完成した屋敷の落成祝いの宴を開きました。

宴が終わる頃、突然天地が揺れ動き、空にあった満月が池に落ちてきました。そして、満月は池の中をかけまわった後、座敷を飛び回り、玉津姫の胸元めがけて飛び込んできたのです。

姫は気絶して倒れてしまいました。小五郎は心配し、病気治癒の祈願の為、家来を山王神へお参りさせました。

その家来の夢枕に白髪の老人が現れ、「これは、病気ではなく吉兆（※めでたいしるし）である」と言って消えたのです。

である。姫は懐妊した。生まれる子は美しい女の子である」と言って消えたのです。

月日は経ち、玉津姫はお告げどおり女の子を産みました。

舌に三日月のアザがあったので、半如姫と名付けました。

姫は日に日に美しく成長し、後に観音様のお告げにより般若姫と改めました。

した。

④般若姫と橘豊日尊（※後の用明天皇）との出会い

般若姫の噂は遠く欽明天皇の第四皇子橘の豊日の皇子の耳にも届きました。

皇子は、般若姫に一目逢いたいと朝廷を抜け出し、修行者に身をやつして豊後に下りました。

皇子は笛が大変上手で、長者の牛飼い達に気に入られ、山路と名をかえて長者の家に住み込むことになりました。

あるとき、般若姫が重い病気にかかり、「姫の病は諸神のたたり。治すためには、三江の松原に仮の神社を建て、笠懸の的を射よ」というお告げを受けました。

長者が「笠懸とは何か?」と山路に尋ねると、「笠懸とは、笠を的にし、走る馬の上から矢で的を射ることです。ぜひ私にやらせてください。もし、的を射ることができ、姫の病気が治ったあかつきには、姫をお嫁にください」と山路は言いました。

長者は三間四方の社を建て、山路が見事笠懸の的を射抜きますと、姫の病気はすっかりよくなりました。

そして盛大な結婚式を挙げ、山路は自分が欽明天皇の第四皇子、橘豊日尊であることを明かしたのです。

長者をはじめ、家人たちは大変驚き、今までの無礼を詫びました。

⑤皇子、都へ帰る

そのころ奈良の朝廷では、後継ぎの問題で全国に使者を出して皇子のことを捜していました。

皇子は天皇の命令で都に呼び戻されることになりました。

ところが、すでに姫のおなかには皇子のこどもが宿り、身重のため一緒に上洛することはできません。

皇子は「もし、男子が生まれたら一緒に都に上りなさい。女子であったなら、ここに残して長者の世継ぎにしなさい」と言い残し、別れを惜しみながらも都へ帰っていきました。

皇子19歳、姫17歳のことでした。

⑥不運の海難

やがて姫は美しい女子を安産し、玉絵姫と名付けました。

その後、般若姫は玉絵姫を長者に託し、約束どおり恋しい皇子の元へと旅立ちます。

長者は姫に多くの家来と大船小船120隻を用意して、一行は臼杵の浦を出発しました。

はじめは穏やかだった海も、平群島（※ 周防の国）近くにさしかかると突然嵐になり、船は熊毛の浦（※ 豊後の国）に吹き流されてしまいました。おおしけのため一行が途中島で休んだことから、この島を豊後の姫島と言い伝えています。

天候が回復したので船を出すと、再び大畠鳴門の瀬戸に差しかかったところで、また暴風が起こりました。

この嵐で120隻はちりぢりとなり、多くの船が沈んでしまいました。

それは、以前長者に池を潰された金龍神の怒りの嵐でした。

そのとき、供の者たちが裸で泳ぎ着いた島が、柳井港の沖、裸島だといわれています。

一行は阿月の浦で船泊まりし、柳井津に渡り、姫の身体を休めることにしました。

姫は喉の渇きを訴え、里人にこんこんと湧き出る清水を案内してもらいました。

このとき、姫が記念に柳の楊枝を井戸の側にさしたところ、一夜にして芽吹き、やがて立派な柳の木となりました。この柳の下の井戸が、「柳井」の地名の由来だということです。

また、近くに流れる姫田川も般若姫にちなんだものだといわれています。

⑦般若姫の死

般若姫の一行は、しばらくこの浦に船をとどめ、行方不明になった供の者たちを捜し、多くの遺体が見つかりました。姫は、大変嘆き悲しみ、「私は、こんなにたくさんの者たちの命を犠牲にしてまで、皇后になりたいとは思いません」と、まだ見つからないお供を捜して欲しいと言いました。

そして、「かりの世に何歎(なげ)くらんうき船のいずくを宿と定めおかねば」と繰り返し詠じました。

その後、渦巻く大畠の瀬戸に身を投げたのです。

侍女達も後を追うように飛び込みました。驚いた船人たちが慌てて救い上げたのですが、姫は衰弱する一方でした。

「二度とこの場所で、このようなむごい事故が起こらないよう、瀬戸の守り神となります。私の亡骸は向こうに見えるあの山に葬ってください」との言葉を残し、息をひきとりました。

家来たちは大変悲しみ、姫の遺言とおりに向こうに見える山（※今の山口県平生町神峰山）の頂上に埋葬しました。欽明天皇28歳、般若姫19歳の春のことです。

⑧神峰山般若寺

知らせを聞いた皇子と長者の悲しみは大変なものでした。

姫の遺言どおりに神峰山にお墓を建て、姫の念持仏「金の観音像」を納め、般若寺というお寺を建立しました。

また、長者は臼杵（大分県）に姫の供養のために、たくさんの石仏を作っていきました。

これが国宝の「臼杵磨崖仏（うすきまがいぶつ）」だと云われています。

この出来事の後、毎年陰暦12月大晦日の夜、大畠の瀬戸から火の玉が三つ舞い上がり、一つは神峰山の山頂の「龍灯の松」にとまった後、般若寺の観音堂の三光之窓に入っていくということです。また一つは対岸の大畠の瀬戸の明神さまへ、もう一つは大島三蒲の松尾寺（しょうぶじ）に向かって、飛ぶようになったと云われています。

そして、その火の玉を見た人は、大漁・豊作・福徳に恵まれるということです。

◎祝詞の力を借りる

以上が般若姫伝説ですが、ご住職がこの般若寺に帰った当時は、本当に荒れ果てていたそうです。それを、ご住職の呼びかけで、檀家、地域の方や日本各地の方々からご寄付も集まり、仁王門などを復興させることができたのです。

おそらく、縄文人の流れをくむアラハバキの関連の人も、協力されたのではないでしょうか。般若寺のある柳井のあたりは、柳井田布施といって、アラハバキが熊毛王国を拓いていた場所なのですから。

ご住職はとても楽しい方で、以前に僕が共著を上梓したドクタードルフィンこと松久正先生と同じ雰囲気の人物でした。ですから、ご住職がフランスのエクソシストとそっくりで除霊もおできになるのであれば、ドルフィン先生にも除霊ができるのではないかと思っています。

ご住職は、般若寺のパンフレットなども全てご自身で作られたのだそうです。

そして、熊毛王伝説や般若姫伝説などがわかっていくにつれて、

「実は、瀬戸内海でもこのあたりが当時の縄文人の王国で、西の端であった」

というような事実を確信し、郷土歴史家などの前でも、それらの研究成果を披露したと言われます。しかし、そのあたりに暮らす一般の人たちは、誰ももう熊毛王のことなど知らないそうです。


他の、ある方から聞いて面白かったのは、歴代総理の中で、柳井、田布施のあたりの周防灘(すおうなだ)と縁があった人だけが、長期安定政権になっているという話です。

しかも、その全てが縁戚関係にあたるとのことなのです。

岸信介氏、佐藤栄作氏、そして今の安倍晋三氏。

晋三氏のお父さんも、総理にはなれませんでしたがご出身はこちらです。

明治天皇も、皇太子のときにこのあたりに匿われていました。

ここは、昔、熊毛王が縄文王国を築いていた土地です。熊毛王の魂から認められて、ここにしばらくいられた人は、長期安定政権で日本を統治することができたのではないかと思われます。


ここには竜宮もあるそうですが、熊毛王伝説では、このあたりが首都だったということになっています。アラハバキと呼ばれた縄文人たちが瀬戸内沿岸につくり上げた王国の首都であり、そこに熊毛王もいました。

それが、渡来した大陸系の弥生人たちに滅ぼされていったのです。

そのとき、「日本は、必ず再び自分たちが統治する」と、力を注いだのが、まず明治天皇、そして佐藤栄作氏、岸信介氏、今の安倍晋三氏であり、今もそうしたご縁が脈々と受け継がれているようです。

そういえば、今回の安倍晋三内閣は異例の長期安定政権となっています。

まるで熊毛王の霊力が乗り移ったかのようではありませんか。

話は戻りますが、名古屋道場で「あんでるせん」のマスターから託されたスプーンを受け取り、マスターの顔を思い出して、最終新幹線で東京に戻り、深夜に白金の自室に帰り着きました。

その日の日曜日は、トランプ大統領が大相撲千秋楽を観戦するということをふと思い出した僕は、どんな様子だったかなと思いながらテレビのスイッチを入れてみると、まさしく、その模様が深夜ニュースで映し出されていました。

見ると、優勝力士の授賞式の場面で、我が国の国歌『君が代』を、場内の全員が立って斉唱している場面のようです。

トランプ大統領も、そのときは安倍総理と一緒に立ち上がっていました。国技館の中で３０００人が『君が代』を歌う、その真っただ中にです。


実は、『君が代』は祝詞（のりと）なのです。

九州の博多湾の先に、志賀島という、昔、漢委奴国王（かんのわのなのこくおう）の金印が出土した島がありますが、そこに志賀海神社（しかうみじんじゃ）という神社があり、金印はその近くで見つかりました。

その当時の様子は、どういうわけか克明に記録されていました。

江戸時代のこと、あるお百姓さんが、農具を土に差し入れたときに、この金印が出てきたのです。それを当時の代官所に報告し、確認をした役人がこれは貴重なものだとお代官様に上げ、お代官様は、それをきちんと記録したということです。

これは昔、卑弥呼に贈られたものだなど、諸説ありますが、本当のところは聖徳太子のときに、そこにわざと捨てさせたのです。

日本の天皇がその金印を持ったままだと、いつまでも中国の下の立場になるという状況を嫌ったからです。

日本は中国の援助を一切受けずに、独自の政治社会体系を持った独立した国家である、それを明確にするという意味もあって、聖徳太子は「日出る処の天子、書を、日没する処の天子に致す。恙なきや」と書いた手紙を送ると同時に、金印も捨てさせたわけです。

中国、当時の隋と日本の対等な立場を強調するかのようなこの書は、隋の皇帝を激怒させたともいわれていますが、その後も遣隋使は受け入れられていますので、うまく認めさせたということではないでしょうか。

金印は、ただ捨てたのではその事実が相手に伝わらないので、後世に必ず誰かが発見して、拾った状況を克明に残すように筋書きができていました。

その場所が、志賀海神社の近くだったのです。

そしてその志賀海神社の祝詞が、『君が代』なのです。

『君が代』は現在は1番しかありませんが、志賀海神社の祝詞は10番まであります。

今でもその神社で行われるいろいろなお祭りで、『君が代』の歌詞がそのまま祝詞として奏上されています。

２０１９年夏場所の千秋楽では、３０００もの人がトランプ大統領を囲むようにして、その祝詞を奏上したのです。

「これは、すごい影響があるのではないか」と僕は思っていたところ、案の定、難しい局面だった日米通商交渉も8月に予定されることとなり、安倍首相の望むようになりました。

もしこれが、計画どおりだったとしたら、安倍首相はかなりのやり手です。

その背後にあるのは、熊毛王の怨念ともいえる力ではないでしょうか。

今や、自民党は戦後最大ともいえるような長期安定政権になっています。

トランプ大統領に、貿易交渉の発表を8月にすると決断させた力は、単なる表面的な政治力や交渉力ではありません。

相撲は、もともとは「手乞い」と呼ばれる神道のご神事であり、奉納の儀として昔から神社で行われてきたものです。

つまり、３０００人もが『君が代』を歌うということも、その全てが立派なご神事なのです。それは、日本を救うほどの大きなパワーとなります。

志賀海神社で神官が奏上するその祝詞が国歌なのですから、みんなで国歌を奏上すればよいのです。

少し前までは、日教組などが卒業式や入学式では『君が代』を歌わせないといった状況もありましたが、だんだんそういった意識も薄まってきて、今ではそうした学校関連行事でも、スポーツ観戦の場などでも、自由に『君が代』を歌えるようになってきています。

特に、平成から令和に代わった天皇のご譲位のとき、多くの若者たちがハロウィンで騒ぐのと同様に、渋谷などに集まってお祝いをしてくれていましたが、彼らもおそらく、『君が代』を歌ってくれるはずです。

神社に行く必要はないのです。

神社で『君が代』を歌っていたらおかしいと思われるかもしれないという不安が残っていたら、ふと気が向いたときに、ご自宅でも仕事場でも口ずさめばよいのです。

どんな場所にいても、いつでも、「ああ、神様、ありがとうございます」と感謝をしたときに、誰かに対して拍手をするのと同じように、祝詞として奏上すればよいのです。

昔から引き継がれてきた祝詞はたくさんありますが、現在まで残っている祝詞は、第二次世界大戦が終わって進駐軍GHQの検閲が入り、重要な言葉を全部消されてしまったものですから、何の効果もなく、意味がありません。

ですから、そんなものよりは『君が代』がよいでしょう。

いちいち神社に行く必要はない、ましてや志賀海神社にすら行く必要もありません。料理しながらでもよいし、運転しながらでもよいでしょう。人が集まる何かのときに、国歌斉唱というのもとてもよいことです。

日本は神の中にある国ですから、『君が代』を唱えることによって、ますます神様とのつながりが強くなっていきます。

ですから、男性に英雄になって欲しいときに、『君が代』を歌うのがよいのではないでしょうか。

「君が代は、千代に八千代に……」と、ささやくような小さな声でもかまいません。それで「英雄スイッチ」が入る場合もあるのですから。

◎馬に乗った英雄

僕は映画好きなので、映画で「英雄スイッチ」が入ることも少なくないのですが、例えば、『戦場のメリークリスマス』、あれもスイッチが入る映画ですね。

あの映画は実話がベースだそうです。第一次世界大戦のとき、敵国同士で、本当にクリスマスソングを歌い合ったといいます。

戦時中に、銃を捨てて、即座に撃たれても当たり前のような所に立ち、歌を歌うなんて、あまりにも無謀で、通常ならとてもできません。

そのモードこそ、「英雄スイッチ」が入った状態です。「英雄スイッチ」なしでは、そんなことはできないでしょう。


また、先日、『ホース・ソルジャー』というハリウッド映画を観ました。

9・11直後、アフガニスタンに向かい、テロ集団タリバンの拠点、マザーリシャリーフを制圧するというミッションの下、たった12人のグリーンベレーの精鋭部隊がアメリカから派遣されます。

まさかの5万人もの敵を相手に、大打撃を与えて勝利したという実話が小説になり、大ベストセラーになって、ハリウッドで映画化されたのです。

実話とは知らずに観たその映画に、僕は本当に感動しました。

反タリバンの地元勢力を率いるドスタム将軍と手を結ぶことになるのですが、将軍から険しい山岳地帯で勝利するのに最大の武器は、馬だと言い渡されます。

ほとんどの隊員が、1度も乗ったことがないのですが、隊長はテキサスの牧場の息子なので、乗馬には長けており、馬との信頼関係もすぐに築くことができました。

騎兵隊として、どんどん現れてくるのが、現地の馬賊です。彼らは、たった12人のアメリカ兵が、何万人ものタリバンに突撃していくのを、遠くの山の上から見ていました。賊長は、

「お前ら手を出すな。タリバンと小競り合いになったらまずいから」と止めますが、馬賊の兵士たちは、

「あの連中がたった12人で突撃するのを見て、ほっておけない。ただ見ているだけではいられない」と反論して、加勢します。

そこから、次々と周りの馬賊が加勢し、多勢に無勢で不利だった戦局も、逆転していくのです。

映画の最後に、実際の12人の写真が出てきます。隊長が馬に乗って、ワーッと突撃をする像が、9・11の現場、グラウンド・ゼロに飾られているというシーンもありました。

彼らのおかげで、後々の作戦も有利に進められ、ビンラディンも殺害されたのですが、その幕開けとなったような戦いで、もしその12人が負けていたら、もっと泥沼となって戦

いも長引いていたことでしょう。

その隊長の活躍に感動した僕は、いても立ってもいられなくなり、乗馬を始めることにしたのです。まだ3回くらいしか経験はありませんが、少し乗れるようになりました。

淡路島の真ん中にある福祉乗馬専門の、ホースセラピーを自閉症の子どもなどに行っている乗馬クラブで乗っています。

ホースセラピーはとても効果が高い、つまり、馬と交流することで人はとても癒やされるということも実感できます。

その乗馬クラブの理事長のご婦人に、

「満月の夜に乗馬したら、きっとすごいエネルギーをもらえますよ」と何気なくお話ししたことがありました。

しばらくしたら、

「満月乗馬、やりますからぜひ来てください」というご連絡をいただきまして、言い出しっぺでもありますから寄せていただいたのです。

その日は夕方まで曇っていましたが、実際に乗馬する頃には晴れて、満月も出てきました。

福祉乗馬に使える馬は、優しくないといけません。サラブレッドは速く走る能力は高いのですが、気性が荒いのでダメなのだそうです。

この写真の馬は大きくてサラブレッドのように見えますが、実はエジプトの馬なのです。エジプトの馬は優しくて、乗っている人がバランスを崩すと、落ちないように体勢を整えてくれたり、簡単に人馬一体となれるのです。

満月乗馬

馬の黒目がちな目と表情を見ていると、「英雄スイッチ」が入るということもわかりました。

11人の部下を率いたグリーンベレーの隊長も、最初はジープや軽量な戦車で向かうと、もうぼこぼこにやられてしまいました。それで部下11人に馬の乗り方を教え、馬に従えと命令します。

全員が馬を乗りこなせるようになって初めて、戦いに勝てるようになったのです。馬が、隊員たちの「英雄スイッチ」を入れたのですね。

馬の目に見つめられて、心を通わせることによって「英雄スイッチ」が入り、普通では絶対的に不利な戦況でも、どんどん勝っていったのです。彼らは英雄になったのです。

松井守男画伯と「あんでるせん」のマスターはお2人とも、黒目がちで、馬に似た目をされています。


家康のお墓がある、静岡県の久能山東照宮には、奥に家康の愛馬のお墓もあります。僕の見立てでは、実はその墓が家康の墓なのですが、お墓が一緒の敷地にあるくらい、人馬一体となっていたのです。推測するに、徳川家康を英雄にしていたのも、この馬かもしれません。名立たる武将も、みんないい馬に乗っていました。

激しい戦になればなるほど、大将は英雄でいるという必要があります。

『ホース・ソルジャー』の最後のシーンでは、グリーンベレーの12人が突撃して、さらに馬賊たちもアメリカ兵に続けと馬を走らせました。

タリバンは、最新型のロシアの戦車や、ロケット砲を装備しているのに、対するグリーンベレーは機関銃と馬だけ。

至近距離でロケット弾がさく裂して、隊長は乗っていた馬もろとも吹き飛ばされてしまいます。

馬も隊長も意識を失って倒れたまま、周囲では戦闘が続くのですが、しばらくの後、先に馬の目がふっと開いて、「ヒヒィーン」と嘶き（いなな）ながら、立ち上がります。

少し離れた所に倒れていた隊長も、その嘶きで目を覚まし、何とか起き上がります。そうすると、馬が駆け寄り、馬に再びまたがって戦闘を続けるのです。

まさに、人馬一体です。思えば、有名な歴史上の人物で、馬と共にあるイメージの人はたくさんいます。

馬に乗った絵が有名なナポレオン、義経伝説もあるチンギスハン、そして海の中に馬で入っていって平家が立た扇の的を見事に流鏑馬（やぶさめ）で射落とした源氏方の武士、那須与一もそうです。

伊達政宗も、馬にまたがった銅像がすぐに思い浮かびますよね。

『ホース・ソルジャー』にはまっていた頃、馬の関係者に会うことが多くなったのですが、神社の宮司様で、

「うちの神社で年に1回、流鏑馬をやるんです」とおっしゃった方がいらっしゃいました。

「流鏑馬って、馬に乗って矢を放つやつですね。あれは実際に、当たるんですか？」と聞きましたら、

「もちろん当たります。ただ、面白いことに、流鏑馬で的に当てられる騎手も、馬に乗らずに地上に立って射たら外れるんです」と答えてくださいました。

その宮司様が、流鏑馬の騎手に聞いたことがあるそうです。

「なぜ馬に乗っていると当たるのに、地上に立ったら外すのでしょう？　普通は逆ですよね」

「それが、馬に乗っているときは、馬がいつ指を弦から離せばいいかを教えてくれるというか、馬の走りの動きで、自然に指が外れるという感覚なのです。ですから、私が射っているというよりも、馬が射っているのです」

戦国時代の武将も、馬に乗って刀を振り回し、何人もの敵を倒していました。

でも、馬で走りながら、しかも片手で重い刀を振り回しても、相手も鎧を着ていますし、そんなに簡単に切れるものではないと思うのです。

なぜ、うまい具合に切れたのか……、やっぱり馬がやっていたのでしょう。

馬は神様に通じる、つまり神馬なのです。

最初は、たまたま観たアメリカ映画で馬に興味を持ちましたが、実際に馬に乗ってみて、馬は神様に通じるものがあるとわかったような気がします。

福祉乗馬では、鐙(あぶみ)に足を入れさせてくれません。普通の乗馬では、鐙に足を入れてぐっと踏ん張るのですが、福祉乗馬では足が宙ぶらりんなのです。

そのほうが、馬がよりこちらの意思に寄り添ってくれるそうなのです。安定しない分、微妙なニュアンスを汲み取って、フォローしてくれるのです。

乗る側も、全身を託して初めて、馬も心を通わせてくれるのですね。

◎イルカと遊ぶ英雄

同じように、セラピーで役立ってくれる動物に、イルカがいます。

僕もハワイで、野生のイルカと泳ぐのに命懸けでした。というのも、僕は本当は泳げないからです。

ハワイに一緒に行った姪が、野生のイルカと泳ぎたいというので、普段はシュッとしている伯父としては、今さら泳げないとはカミングアウトできませんでした。

現地のガイドさんを雇って、大馬力でものすごく大きな船外機を2つ付けた、レスキュー隊が使うような小型のゴムボートで、ぶわーっと走っていきました。

そのガイドさんは「イルカと遊んで何十年」という人で、野生のイルカがどちらからどう来る、どこへ行く、というのがわかる人なのです。ただ泳いでいるだけでも、向こうから寄ってきてくれることもあると言っていました。

見当をつけた場所で、ボートのエンジンを切って待っていると、本当にイルカがやってきました。

「来た来た！　ほら！　行け！」と言われ、まず姪が海中に飛び込みました。

僕の役割は、姪がイルカと泳いでいる姿を写真に撮っておくことでした。

デジカメでしたが、水中で撮れる特別な仕様のものをわざわざそのために買っていたのです。

飛び込んだ姪の周りには、本当にイルカが来ていました。

僕はボートの上から写真を撮っていたのですが、まさか僕が泳げないとは思っていないガイドが、

「水中から撮ってあげたら」と言い出しました。

一瞬、「ええ?」と思ったのですが、フィンもあることだし、何とかなるだろうと思って飛び込んだのです。

確かに、ボートの上から見るよりも、水中メガネも使うとよく見えました。姪の周りにイルカがたくさん集まって、とても素敵な眺めです。

姪は泳ぐのが上手なので、本当に楽しそうにイルカと戯れていました。

僕はシュノーケルでついていきながら、写真を撮っていました。

そしてさらに深みに潜っていく姪とイルカを、僕もついその気になって追いかけ、潜ってしまったのです。

そのとたん、当然シュノーケルに海水が入り、海水を飲み込んだ僕は半ばパニックになりました。もうとにかく足をばたばたさせて、何とか首から上だけを水面に出すと、姪はもうボートの向こう側で泳いでおり、ガイドは姪ばかりを見ているのです。

僕のほうは沈みかけているのですが、全く気づかれていません。

しかし、ここで大声で「ヘルプミー！」とは、格好悪くて言えないという見栄っ張り、水音を立たら気づいてくれるかと思い、しばらくは大きめの動作でばしゃばしゃしていたのですが、全然、気づいてくれません。

ハワイにて　イルカと共に泳ぐ姪

そうしているうちに、フィンを留めているかかと付近のベルトが、取れかかってきました。ぞっとするような感覚です。

もうダメだ、これでフィンをなくしたら、もう海の藻くずになるしかないと、絶望感しかなくなったそのとき、誰かが足の裏を、下からぐっと押してくれたのです。

そのとき、かかとのベルトも直ったので、必死にボートに近づき、やっと縁につかまることができました。

僕の必死の形相に、ガイドがきょとんとした顔で、

「何かあったの？」と問いかけてきます。

「さっき死にかけたんだよ。でも幸い、たぶん、イルカだと思うけど、俺の窮地をわかってぐっと足の裏を押してくれたんだ」

「あなたどっちにいたの？」

「ずっとこっち側だよ。あなたは全然、見てくれなかっただろう」

「イルカはずっと、あちら側にいたよ」

「僕のところにも来てくれたから、こうして助かったんだよ」

「いや、イルカの習性からいっても、イルカと遊べる人がいるときは、イルカはみんなその周囲にいる。だから、俺も女の子の方を見てたんだ。あなたの所に来たのはきっと、サメだよ」


ということは、サメは、僕を助けたのではなく、襲おうと近づいてきて、そのサメの一部分がたまたま当たったのではないでしょうか。相当、危ない状況だったに違いありません。

それから僕はずっと、海に入っていないのです。

ただ、実はイルカが僕の苦境に気づき、助けてくれたのであったらとても嬉しいです。

僕は姪を、エジプトのピラミッドにも連れて行って、２人で王の間でハトホルの秘儀もしました。

エジプトとハワイは、地球の真裏にあたります。エジプトで夕日が出ていたら、ハワイでは朝日が見られるというほど、地球のちょうど反対です。

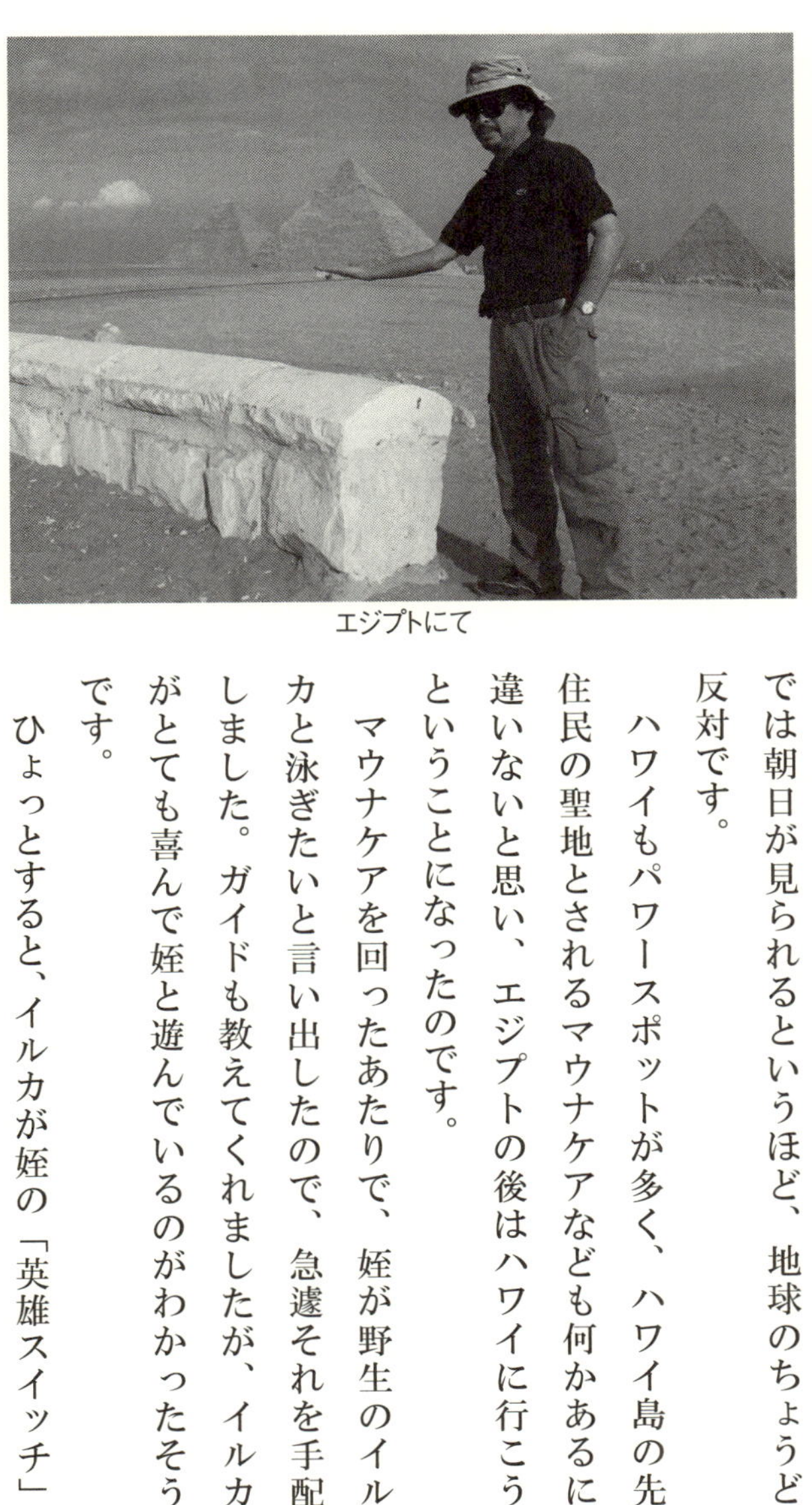

エジプトにて

ハワイもパワースポットが多く、ハワイ島の先住民の聖地とされるマウナケアなども何かあるに違いないと思い、エジプトの後はハワイに行こうということになったのです。

マウナケアを回ったあたりで、姪が野生のイルカと泳ぎたいと言い出したので、急遽それを手配しました。ガイドも教えてくれましたが、イルカがとても喜んで姪と遊んでいるのがわかったそうです。

ひょっとすると、イルカが姪の「英雄スイッチ」

を入れたことで、イルカたちを家来のようにしていたため、身内である僕の緊急事態を察した1頭が助けにきてくれたのかもしれませんね。

やはり、松井画伯と「あんでるせん」のマスターの顔と目、それだけではなく馬とイルカの顔と目は、「英雄スイッチ」を入れてくれるのだと思います。

だからこそ、馬とイルカはセラピーに役立ってくれるし、おそらく、松井画伯も「あんでるせん」のマスターもセラピーができると思います。

お2人とも、目やお顔を見るだけで、おそらく相当の癒やし効果がありそうです。

松井画伯との講演会の参加者は、女性が8割ぐらいでしたが、本当に盛り上がっていました。「あんでるせん」のマスターにも、何度もお会いしたくなる雰囲気やオーラがあります。

ひょっとすると、ドクタードルフィン先生の治療でも、あの顔とあの目で、患者さんの「英雄スイッチ」を入れているのかもしれません。英雄になれば、病気は治りますからね。

先ほどふと鏡を見てみたら、まだ「英雄スイッチ」が入ったままの顔つきだと思いました。秘書たちが以前の僕のことを評して言っていた、柔和で余裕がある雰囲気というのは、英雄だからだったのです。

◎現代の隠れた英雄たち

先日、打ち合わせに来た東京の秘書が、京都のライアー奏者の女性に、お礼のメールを送信してくれていました。

その文章を抜粋して紹介します。

「こちらこそお世話になり、ありがとうございました。なによりも保江が、松井画伯に『英雄スイッチ』を入れてもらったと喜んでおります。顔の肌や表情にハリ、ツヤ、自信がみなぎっています。貴重な機会を誠にありがとうございました」

この秘書は、ものすごく厳しい人物です。特に僕についての評価が厳しく、「ハリ、ツヤが良くなって自信がみなぎっている」などとはよほどのことがないと言わない女性なのです。

その人をしてここまで言わしめるほど、変化が見て取れたということでしょうね。

また、ご紹介したいのは、中山恭子さんという政治家の女性のお話です。

自民党の総理大臣で初めて北朝鮮を訪問して、２００２年に拉致被害者の帰国を実現したのは当時の小泉純一郎首相でしたが、その背後には、他に類を見ないほど肝の座った女性外交官がいたのです。

その出来事からさかのぼること3年の１９９９年、60歳近くだった彼女は外交官としての初めての派遣先となったウズベキスタンで、特命全権大使を務めることになりました。

運が悪いことにその直後に、ウズベキスタンの隣国キルギスで金や銅の鉱床探査を指揮していた4人の日本人鉱山技師が、ウズベキスタン反政府武装グループであるイスラムのテロリスト集団に拉致され、身代金を要求されるという事件が起きたのです。

「キルギス日本人誘拐事件」として日本でも大きく報じられました。

すぐに日本の外務省に報告し、どう動けばいいかと指示を仰ぐと、なんと外務省からは、「一切、何もするな。キルギス政府に交渉を一任せよ」という回答でした。つまり、ほっておけということです。

けれども、彼女にはそれはできませんでした。外国にいる日本人をサポートする役割も担う大使として、何もしないわけにはいかないと思ったのです。

首も辞さない覚悟で、行動を開始します。

まずは、大使館の職員のうち、現地採用者だけを集めました。日本から派遣されてきた大使館員は、絶対に命令に従うため力になりそうもないので、現地採用の6人の日本人職員だけで、情報を掻き集めてもらいました。

そして職員たちの懸命な働きでようやく、あるイスラムの部族のアジトで捕まっていることが突き止められたのです。

中山さんは、地元、ウズベキスタン人の運転手に、白旗を立てた公用車のジープを運転させて、そのアジトに向かうことにしました。

すると、現地採用の大使館員全員が、

「僕たちも行きます。大使は女性ですし、危険です。大使まで人質に取られたら、よけいに面倒なことになりますから」と提言してくれたそうですが、

「いや、あなたたちが同行するほうがよけい危ない。私みたいなおばあちゃんが1人で行ったら、さすがに向こうは殺しにくいから」と言い張り、単身で、まず危害を加えられることがない現地人の運転手だけと向かったのです。

アジトに着いた彼女は、すぐにボスとの面会を要求し、

「人質は全て、解放してください。代わりに自分が人質になりますから」と直談判しました。

ボスは最初、

「ダメに決まってるだろう。あんたはばあさんだし、命を取ろうとは思わないから、帰れ」と、全く取り合いませんでした。

「いや、私は、この4人の男性を返すまで動かない。とにかく、私を人質にしなさい」と、諦めずに交渉し続けました。

彼女のあまりのしつこさになかばあきれたのと、根性の座った態度にだんだんと感心してきたボスが、

「あんた、まるでおしんみたいな女だな」と言ったそうです。

「あら、何でおしんを知っているの？」

「おしんはもう、俺が子どものときからテレビで見ていた大好きなドラマだよ。日本って国には、こんなにすごい女性がいるんだって、みんなで賞賛していたよ」

「あのおしんのドラマに、それぞれの国の言語でテロップをつけてもらって、全世界に配らせたのは私なのよ」

実は、日本の外務省で働いていたときに、外交政策の一環として、ドラマ『おしん』をもっと見てもらおうと提案したのが中山さんだったのです。

実際に予算もついて、アジアのあらゆる国にばらまき、その人気が社会現象にまでなった国も多いと聞きます。

驚いたボスは、

「ええ？　お前があのおしんを俺たちに見せてくれたのか。

そうか、お前こそおしん、その人だ。お前に頼まれたんじゃ、人質も返さないわけにはいかんな」と唸って、４人を解放してくれたのだそうです。

ジープに解放された４人の男性を乗せて、無事に戻ってきた彼女は、もうウズベキスタンでヒーロー、いや、ヒロインです。現地の人たちはみんな、ワーッと彼女を讃えました。

ところが、外務省からは、命令違反のための帰国命令が届いたのです。当然、外務省も首になるような話でした。

それに関する書類をたまたま見たのが、時の総理大臣の小泉さんです。

「この人すごいな。俺はこんな人を首にはさせられないよ」

外務省の体裁もあるため、総理府のほうに引き取るということになりました。

そんな展開の最中、彼女は帰国の飛行機の中でした。

小泉さんが総理府付きにするとして、今度は北朝鮮の拉致被害者を解放するように工作しなさいという命令書を急遽用意し、羽田に到着した彼女に、北京行きの航空券と一緒に手渡したのです。

その命令自体が彼女へのペナルティのようなものでしたが、彼女はお役に立てるのならばとすんなり命令を受け入れました。

着替えがほとんどなかったので、出迎え、見送りを担当する外務省の職員を待たせていったん家に戻り、荷物を入れ替えて羽田に取って返して北京へ飛んでいきました。

北京経由で北朝鮮に入るときに、彼女の部下となった何人かの役人も一緒だったのですが、みんな小ぶりなアタッシュケースとボストンバック1個ずつくらいの手荷物です。

彼女だけが、一番大きなスーツケースで、しかも3つも持っていました。

北朝鮮の入国審査官は、

「こんなにたくさんの荷物と一緒には、入国させられない。他の人たちの荷物は小さくて少ないのに、どうしてあなただけこんなにあるのか？」と質問してきます。

彼女は、

「私たちはあなたの国のトップと直談判して、拉致被害者を返してもらおうとやって来ました。あの役人たちは1週間ぐらいで帰るつもりだから、荷物が少ないのです。でも私は、被害者を返してもらえるまで、この国を出るつもりはありません。必要であれば、半年でも、1年でも滞在するつもりです。それに必要なだけの衣服が入っているのです！」

と答えたそうです。

相手もその気合いに免じてくれたのか、結局、そのまま入ることができました。

そのことは北朝鮮の政府にも伝わって、彼女の気迫に圧倒されたような形で、5人もの被害者を返してもらうことができたのです。やはり、彼女がいなければできなかったことでした。

中山恭子という人は、ウズベキスタン大使館の現地採用の男性やテロリスト集団のボス、そして北朝鮮でも、みんなの「英雄スイッチ」を入れまくったのです。

ただ、ご本人はそんな武勇伝は、絶対になさいません。そうした事件簿を話してくださって、僕をその気にさせたのは、僕や仲間たちが「御家元」と呼んでいる、京都にいらっしゃる明治天皇のお孫様です。２０１７年の参議院選挙の折に、

「俺の代わりに参議院選挙に出てくれ、俺は出られないんだ」と依頼されました。

僕はその方に頼まれると断れないので、

「一応、考えさせてください」とお願いしました。

そのときに、

「中山恭子代表に会ってもらうから」と言われ、

「どんな人ですか」と伺ったところ、こうしたお話をいろいろと教えてくださったのです。

そんな中山恭子さんがその党の党首だったので、僕は快諾することにしました。もし他の党だったら、絶対にＯＫしなかったと思います。


前述のように、大使というのは名誉欲や自己顕示欲が強い方が多いような印象なのですが、本国の外務省の命令に逆らってまで日本人を助けたという中山恭子さんという人の真実は、ほとんど誰にも知られていません。小説や、映画になってもよいようなお話です。

けれども、そんなことは絶対に外務省が許さないでしょう。外務省が悪く描かれるに決まっているからです。

その点、松井画伯のすごさをひた隠しにしようとしてる日本の美術界とも共通したものを感じます。

日本はそういう既得権益（きとくけんえき）を守り、とにかく威張りたい人たちの枠組みの中で動いているため、そこからはみ出して反抗しようものなら、外国では認められても、日本では隠蔽されてしまうのです。

中山恭子さんをご存じない方は、ここまでのお話で、女傑で、アマゾネスのような人物像を思い描いたのではないでしょうか。

実際に、僕が初めてお会いしたときの印象は、話し方から態度から、美智子皇后（当時）そっくりだな、というものでした。

おしとやかでにこやかで、小さなお声で話され、色白で、若い頃も、相当におきれいだっただろうなと思います。東京大学文学部フランス文学科出身の、お嬢様なのです。

単身、ジープで、ウズベキスタンのテロ集団の真っただ中へ……、そんな豪傑な姿が全く想像できないような美しい女性です。

ウズベキスタンや北朝鮮の感動の物語の主人公ご本人にお会いして、もう感極まって、「わかりました。出馬させていただきます」と快諾しました。そのときに、「あのウズベキスタンの話、御家元から伺ったんですが、なぜ小説とか、自伝になさらないんですか？」とお聞きしたら、

「無理よ、そんなのは」と、きっぱりおっしゃっていました。

きっと、外務省からの圧力もあるのでしょう。故松本清張さんのような、骨のある作家が小説の題材として描いてくれたらよいのにと思います。

外国から来るタレントさんにしろ、政治家にしろ、言葉は通じなくともその人が威風堂々としていれば、言わんとするところがちゃんと伝わってきます。

つまり、英雄になっていれば、言葉は少々いい加減でもわかってもらえるのです。

逆に、おどおどとして英雄とはほど遠いような状態では、いくら流暢な外国語を話しても、聞き取ってもらえないのですから。尊敬があるからこそ聞く耳を持ってくれるのですね。

今、「英雄スイッチ」という概念を思いついて過去を振り返ると、とても納得できます。

他にも例がありますが、伊藤清先生という、数学の確率論における伊藤の確率微分方程式を考案された、世界的にも大変知られている先生がいらっしゃいます。

その先生が、初めてアメリカの有名大学に招かれて、授業をしたときのことです。

伊藤先生は、たどたどしい、日本人的英語しか話せなかったそうです。

当時のある学生が、「この人の英語は聞き取れない。黒板に書く数式はわかるが、話は英語ともわからないひどいものだ」と、最初のうちは思っていたそうです。

けれども、数式を見ているうちに、「この先生はすごいことに気づいたんだ」と、だんだん尊敬し始めたとたん、話も聞き取れるようになったのです。

そして克明にノートできるようになって、夏休み中の2ヶ月間、伊藤先生が毎日レクチャーした内容が、1冊の本になるくらい書き溜めました。

マッキーンというそのアメリカ人の大学院生が書き留めたノートを基にした伊藤先生とマッキーンの共著の本を僕も買いましたが、とても分厚い数学の専門書です。マッキーンもその後、立派な教授になったのはいうまでもありません。

「この人はすごい数学者なんだ。英雄だな」とファンになることで本人にも「英雄スイッチ」が入り、聞き取りもできてきちんとした英語に翻訳され、出版に至ったのですね。

これは、学問に限ったことではありません。

自分が、あるタレントのファンだとします。憧れている、尊敬しているというタレントは、自分の「英雄スイッチ」を入れてくれる可能性が大きな人なのです。

また、潜在的にも、「英雄スイッチ」を入れてもらいたいから、ライブなどにも行くとも考えられるのではないでしょうか。

「英雄スイッチ」を入れてもらえるような映画は、何回も観に行ったりします。

少し前に、『ボヘミアンラプソディー』という映画が流行りましたね。

あの映画も、5回も6回も、多い人では10回以上も観ているといわれています。

題材となったロックバンドのクィーン、中でもボーカルのフレディ・マーキュリーは、「We are the champions」と歌って、観客に勇気を与えていました。この曲では、完全に「英雄スイッチ」が入りますね。今では伝説となったクィーンも、結成当初、本国イギリスでは酷評だったと聞きます。

まずは、日本で人気が爆発したそうですから、もしかしたら彼らの「英雄スイッチ」は、日本で入ったのかもしれません。

日本という神の国に初めて訪れてから、本人たちも、かなりの親日家となったそうです。

◎儀式や勲章で英雄になる

それから、アメリカインディアンは、戦の前に水パイプを仲間で回して吸い、太鼓を叩いてご神事を行います。

他には、例えば滝に打たれたり、川に入る禊ですね。

冷たい水にさらされる中で、あるタイミングで自分は冷たい水を克服している、もう弱い自分ではなくなった、と、「英雄スイッチ」が入るのかもしれません。

それと、日本軍の特攻隊が、出立前の最後にあおる水盃。お酒があればお酒で、お酒がなくなったときは水を注いであおり、その後にその盃をバンと割るのです。

それも、「英雄スイッチ」でしょう。爆弾を抱えて敵の軍艦に体当たりするなんて、通常はできることではありません。お国のためにと自らが突っ込んでいくという、「英雄スイッチ」が入ってないとできない行為だと思うのです。

「神懸かる」というのも、「英雄スイッチ」が入っている現象かもしれません。

「神風特攻隊」という名前のように、神懸かる、つまり「英雄スイッチ」が入ってこその行動だったのでしょう。

もちろん、この平和の時代においては、そういう目的でのスイッチの使い方は許されません。

特にこれからの令和の御代には、

「神様は、素晴らしい。森羅万象に拍手」というような純粋さや、心からの「ありがとう」や「嬉しい」というその思いで「英雄スイッチ」を入れないといけないと思います。

その意味でも、映画や音楽、絵画といった芸術は、すごく重要ですね。

ベートーベンが、ナポレオンに捧げたといわれる交響曲、『英雄』。あんな曲を聴いていると、自分も英雄になって、みんなを助けたいという気になれると思うのです。


そして、フランス人の「英雄スイッチ」を入れ続けている松井守男画伯に、フランス政府はレジオン・ドヌール勲章という、本当に栄誉ある賞を授けました。

レジオン・ドヌール勲章は、ナポレオンによって制定された、歴史ある、フランスの最高勲章です。日本人が一般的にイメージする勲章より、はるかに尊いものです。

特に戦後は、一般的に日本人とは馴染みが薄い勲章ですが、フランスもアメリカも、勲章にはかなり重い意味を持たせています。日本では政治家が、勲章をもらったと自慢するぐらいでしょうか。

特にフランスでは、レジオン・ドヌール勲章を外国の芸術家にも出すのです。

日本人では、北野武監督ももらっていました。

もともとは、天皇陛下や大統領からいただく勲章は、「英雄スイッチ」を入れる強力なツールになるはずです。それなのに、日本ではインパクトが弱い。

何が違うのかと考えると、今、日本人ではほとんどの人が無宗教、無信心ということです。

一方、ヨーロッパやアメリカの人はほとんどが自分をキリスト教信者だと自認し、大勢が教会に行き、神様を信じていらっしゃる。

日本は、戦前までは神道が国教となっていたのが、アメリカにとって脅威だと判断された神道は、戦後にはどんどん形骸化されていきました。

仏教も葬式仏教などと揶揄され、キリスト教、イスラム教を信心する人も少数派で、ほとんどが無宗教、無信心です。

そんな中で勲章をもらっても、大自然や神の素晴らしさに、沸き立つような気持ちが出てこないのです。

レジオン・ドヌール勲章をもらうのは、自分の危険を顧みず人を救ったなど、本当に英雄の証なのです。

しかし、今や日本の勲章には、英雄のイメージはあまりありません。社会的ステータスがある程度になったら、自動的にもらえますよという程度です。スポーツ界でも、ある程度の成績を残せたら、その証という程度で、それだけで揺るぎないほどの自信が持てるようになるようなものではないのです。

しかし、レジオン・ドヌール勲章は自信を持てるのです、本当に。

松井画伯もそれで実際に自信をお持ちになったようですし、北野監督もきっとそうでしょう。

せっかくご神気に包まれてる神の国の日本に住んでいる、この私たちです。

神の名の下に英雄にならなければならないし、他の人に英雄になっていただくために、「英雄スイッチ」を入れてさしあげなければなりません。

これが、特にこれからの若者に贈りたい言葉です。これまでの自分に自信が持てていないとしても、まだまだやり直せるし、やり直さなければいけないのです。
昔の良いところを真似しようとしてもダメです。昔の国家神道は最悪でしたし、その前の古神道は、現在では形骸化されてしまったものがほとんどです。今さら過去のものを集めても、再構築しても仕方ありません。

では、どうやったら神様に一番喜んでもらえるのか？
純粋な子どものような気持ちで、互いに「英雄スイッチ」を入れ合う。
これが、この令和の御代の最大のテーマ、目標となるのです。

第2部　松井守男画伯・保江邦夫博士対談

◎ピカソの弟子、松井守男画伯のブルー

松井：皆さんこんにちは。私は、１９６７年に、日本からパリに移り住みまして、30年暮らし、その後、ナポレオンの生まれ故郷であるコルシカ島に移住して20年になります。フランスには、合わせて50年ちょっと住んでいるのですが、日本を出たのが23歳の頃でしたから、日本で暮らした倍の期間、フランスに住んだことになりますね。

フランスでは、いろいろな方とお会いしました。

ピカソとかシャガールといった世界的に著名な画家や、ドゴール大統領にまでお会いできたのです。フランスは芸術至上主義なので、そういうすごい方々でも、駆け出しの画家に会ってくれるんです。

芸術は永遠なれという賛美の気持ちをみんな持っていて、芸術が成立しないような状況では、経済もうまくいかないと思われています。

そういうすごい方々に会ってきている私ではありますが、保江先生がまた、すごい方ですよね。皆さんご存知のとおり、超インテリです。

今日は、控室でご一緒だったんですよ、開会の１時間半前に着いたんですが、保江先生

がいらっしゃる控室にすぐに入る勇気が出なかったんです。

でも、逃げる所もなくて、トイレに隠れていたんです。フランスから同行してもらった私の秘書と、日本で段取りをしてくれた郷保さんが、「行方がわからない」と慌てていたようです。

昔から世界には、ピカソのような天才はいますけれど、本当に謙遜ではなく、私は天才ではないんです。天才ではないのに、やっぱり天才に挑戦したくて、コツコツ、コツコツやるようになりました。

あと300年くらいしたら、大天才と呼ばれるようになるかもしれませんね。

それでとにかく、生まれつき天才、今も天才、という人が怖いんです。今日も怖くて怖くて、逃げ回っちゃってました（笑）。

普段は、女性たちから心臓に毛が生えていると言われているんですけれどもね。

先ほどは、15分前にはどうしても会わなくてはいけないとのことだったので、意を決して控室に行きました。

そして、私が保江先生と会話できるのは、絵についてだけだと思ったんです。

保江先生のお顔には、キリストも仏陀もマホメッドも現れるんですね。

珍しい、貴重なお顔だと思って描かせていただいたんですが、そうしたら少し怖さが抜けてきました。

やっぱり、芸は身を助くです。この芸を研鑽しまして、あと300年後くらいには天才と呼ばれるように頑張りますので、皆さん応援してください。


保江：今日は、松井画伯にお目にかかれて、こうしてお話ができますことが、とても幸せで光栄です。ありがとうございます。

実は昨夜のことなんですが、僕の先祖が一時住んでいた山口県柳井市の近くにある般若寺という真言宗のお寺から、福嶋さんというご住職が来てくださいました。

京都の丸太町のちょっと南にあるお店で食事をしながら、ワインリストをぱらぱらっとめくって見ていたんですね。

実は僕は、ワインが大好物なんですが、去年の9月から神憑かりで神様にお酒をやめさせられているんです。今は5月ですから、もう9ヶ月になります。

それで、ノンアルコールのソフトドリンクを飲んでいたんですが、どうも気になるワインが1本だけ、そのワインリストにあったんですね。

僕は飲めないけれど、福嶋ご住職に、僕の代わりに飲んでもらえませんか？　と注文しました。あと、そこにいらっしゃった青年たちにも、一緒に飲んで欲しいとお願いしてね。

最初は、なぜそれを注文したのかわかりませんでした。

ラベルがものすごくきれいで、名前にも心惹かれたということはあったんですが、残念ながら、フランスワインでもスイスワインでもなくて、ドイツワインでした。ドイツワインの白なので、きっと甘口に違いないと思ったんですが、一応辛口という説明がついていました。

ちなみにその銘柄は、「ディープブルー」。ラベルは青一色。

それが、まさしく、松井画伯がよく描かれるような青だったんです。

よほどボトルをもらって帰ろうかと思ったんですが、お店に遠慮してそうはしませんでした。同席の方々が飲んでくださって、皆さんからも美味しいとの好評を得ました。

今日、主催者の方にご挨拶するために、この会場に1時間ほど前に来て松井画伯の絵を拝見しましたときに、ああ、これだ、と合点がいきました。

今日、松井画伯に初めてお目にかかることになっていたので、神様が、この青につながるように、僕の意識をその方向に向けてくださっていたのです。

僕は飲めないのに、ディープブルーという名前のワインをわざわざ注文して周囲の人に無理やり飲ませたというこのエピソードですね。

そして驚くことに、松井画伯の描かれる、この美しく深い青は、フランス政府が「松井ブルー」と呼びなさいと伝えてきたというのです。

もともと、松井画伯は別の呼び方を考えていらっしゃったのに、政府のお達しで「松井ブルー」になった。だから、昨日のワインはディープブルーという銘柄なんですが、松井ブルーに変えさせたいと思います。

松井： フランスワインじゃないですけれどね（笑）。

保江： そうなんですよ。ドイツワインです。

なぜそのワインがディープブルーという名で、海の色一色のきれいなラベルなのかというと、そこのブドウ畑が大昔には海の底だったからなんですよ。

畑から、サメの歯の化石とか、魚の骨の化石が出るそうです。海の底には、ミネラルが豊富に溜まります。その土壌が、ブドウ畑にぴったりで、そこで穫れたブドウを熟成してできたワインですから、非常にミネラル分が多くて、辛口でね。

ただ私は、残念ながら匂いを嗅いだだけでしたが。

松井画伯、今日も京都にお泊りでしたら、お連れしますね。

松井：残念ですが、明日フランスに帰るので、今日は京都泊りではないんです。

保江：では、ぜひ次の機会に参りましょう。

昨日の夜から、既に神はかりがあったように思えるんです。

お話ししましたように、まず、ワインラベルの松井ブルーに、すごく惹かれるものがありました。

そして先ほど、初めて松井画伯にお目にかかったとき、画伯が絵を描くペンをご所望になり、たまたま松井画伯の秘書さんがボールペンしかお持ちでなかったので、僕がサイン用に持っていた筆ペンを差し出しました。

すぐにササッと、15分くらいで描いてくださったのが、この僕の肖像画です（※表紙折り返し参照）。

そう、やはりまた、この青色だったんです。まさに、松井ブルー続きです。

松井：保江先生のお顔は、もちろんテレビとか本などを通じて存じておりましたけれど、実際にお会いしたのは今日が初めてでした。

僕は、世界中を回ってそれぞれの国の人の顔や、全体像を描いています。

保江先生にお会いしたとき、キリストや釈迦、マホメッドがオーバーラップして見えたんですが、時間的に15分くらいだったので、こうして線描きの絵で描かせていただきました。

1時間あったら、きっとキリストが張り付けになっている絵とか、お釈迦様が悟りを開いたときの絵とか、複雑になったかもしれません。

でも、保江先生はシンプルに描けてよかったんですね。そういう意味で、15分でよかったです。

それと、ご拝顔しまして、宇宙から降りてきたような方だなと思いました。

ブルーにつきましては、パリのピカソのアトリエに、彼がデビューしたときの小さなブルーの絵があったんですね。ピカソは19歳でパリを訪れて、4年後にアトリエをかまえるくらいまでの間、青い色彩の絵を多く描いていたんです。いわゆる「青の時代」です。

だから私も、何か自分のブルーが欲しいなと思いまして。

もちろん先ほどもお話ししたように、ピカソのような天才ではないので、時間をかけて描いていきました。２年半かけて、「遺言」という絵を描くことができたんです。

それでもやっぱり、まだダメだと思いました。

それで、自分の絵がちょっと売れだした頃に、全財産をはたいて世界を回って、ブルーを描くようになったんですね。ハワイアンブルーだとか、太平洋ブルーだとか。

それから日本でも、新潟県佐渡ヶ島などの日本海、北海道、それから長崎の五島列島のほうとか。

ブルーにしても、淡い青や、深い緑に近い青など、いろいろあります。

ブルーを描き出してから50数年かけて、やっとできたブルーが、松井ブルーなんです。

ちなみに、ヨーロッパのほうのブルーは暗いんです。ピカソの青も、親友が19歳にして亡くなったことなど、そんな背景が影響してか、暗い。

私は明るいブルーにしたくて、いろいろと試してきまして、時間がかかったんです。

それで、自分だけのブルーの絵の具を作ったんです。

フジタ（藤田嗣治）も自分だけの琥珀（こはく）の色を作りましたけれども、画家は皆、自分の色を作ります。

私の場合、構想50年以上、世界を10年がかりで回ってブルーを見てきて、ついに自分のブルーの絵の具を特注して、チューブの形にしてもらっています。

これは、私だけのブルー、という気持ちがこもった色です。

私が住んでいるコルシカ島は、言わずと知れたナポレオンの生地で、世界一空気が乾燥していているんですね。日照が多くてカラッとしています。

一方、日本に来て、時々描かせてもらっている五島列島のブルーというのは、海のブルーと山のグリーンが混ざったような感じです。

五島列島は、コルシカ島と正反対で、世界一湿気の多い所なんですね。天候が変わりやすく、雨が降りやすいので、少し暗い雰囲気があります。

だから、私が使うブルーは、明るいところがコルシカ島、暗いところが五島列島、それがちょうどうまく混ざっているんです。

ピカソが、こんなこと言っていたんですよ。

「才能について知りたければ、オリンピックの短距離走を見なさい」と。１００メートル走ではタイムを０．０１秒縮めるのに何年もかかる。

つまり、人間の才能ってそんなに変わらないというわけです。

だから、ゴッホが「ひまわり」を描けたのは、南仏にいたからだというのです。ミレーが「晩鐘」を描けたのは、フランスのバルビゾンにいたから。

つまり、才能が開花するのはその場所に導かれるかどうか。偶然が素晴らしい名画を生むというのです。

私も、世界一乾燥しているコルシカ島と、世界一湿気のある五島に招かれたというのは、やっぱりずっと努力を続けられたという、才能の結実だと思っています。

保江先生は、生まれたときから天才かと思うのですが、コツコツと努力をしている人にも、偶然、そこに導かれるようなことがあります。これは、努力が奇跡を起こしたと思うんです。

私にも、奇跡は起こせるんだな、と今は考えています。

◎これからの日本の若者へ

最近、日本にもよく帰ってくるようになりました。

コルシカ島は自然世界遺産になるほど景観も美しく、本当に素晴らしい所なんですね。だから、あそこに逗まっていればいいんですが、やはり離れてみると、ますます日本が好きになるんですね。

ただ、日本に帰って感じるのは、どうも芸術的な精神が希薄になっているのかなと。

先日、こういう悲しいことがあったんですよ。

長崎県美術館で展覧会をしたときに、長崎のある高校の生徒が、毎日見にきているというんですね。２週間通い通しているというその生徒に、話しかけてみたんです。

そしたら、僕の絵について、今までで一番感動したって言うんですよね。私に、「こうした感動って、何なんですかね？」と聞くので、ピカソの言葉を引用して、「その絵を観て、きれいだな、うまいなと思うのは絵画だよ。感動するものが芸術だ」と言いました。

彼はますます感動したということで、最終日まで毎日通い続けると宣言していました。

ところが、最終日に現れなかったんですよ。だいぶ親しくなっていて電話番号も聞いていたので、電話もかけてね。だけど、今日は行かないと言う。「でもお前、俺はもうフランスに行くんだから、最後の挨拶くらい来いよ」って言ったら、やっと来ました。

そして、自分も芸術に進みたいと話してくれたんです。ただ、パリはもちろん、東京にも行くお金がないと。だから、長崎県から近い国立の佐賀大学に美術科があるので、そこに行くというんですね。

ところが、油絵だと売れないから、もっと売れやすい日本画をやるというんです。もう1つ、先生が、「松井の描いているのは絵じゃないから、もう展覧会にも行くな」と言ったという。

「松井の描いているのは絵じゃない」という意見、それはいいの。皆さんそれぞれの価値観がありますから。

ただ、そういう観方や価値観を押し付ける先生はひどい。油絵は売れないという話に影響受けちゃって、もう冒険しなくなってしまう。

これはちょっと、恐ろしいことだと思います。

自分で言うと自慢になってしまいますがそれを承知で言いますと、私はフランスでレジオン・ドヌール勲章をもらいました。ナポレオンによって制定された、フランスでは最高の勲章です。

その勲章をもらった画家が亡くなると、絵がルーブル美術館に飾られるという、本当に栄誉のあるものなのですね。

これで、親を泣かせた恩を返したし、自分の満足度も高くなりましたから、これからは人のために、芸術にかかわる者として、尽くしていきたいなと思うようになりました。そろそろ出番が来たなという。

納得できるブルーもできましたし、前より頻繁に日本に帰るようになったんです。日本を離れ、外国から見ると、日本におられる皆さんが気がついていないことに出会います。日本はやっぱり祖国ですから、放っておけない。

特に若い人たちの将来の進路が、諦めの産物であってはならないと思うんですね。いわゆる大成功にはならなかったとしても、後悔がないように戦ったということが、死ぬときの満足感につながると思います。

自分の夢に近づけるように戦うことが、生きる人のエネルギーなんですね。

諦めることが人生の最良の選択肢だなんていう教師の導き方は、とても残念ですし情けない、そしてちょっと怖いなというのが今の印象です。

保江： まさに、ご指摘のとおりですね。

特に今の日本の教育は、疲弊してますね。何か人と変わったことをするのは悪、目立つことをしないのが美徳という考え方です。

女性の権利の向上を昔から主張なさって、現在は東大の名誉教授でいらっしゃる上野千鶴子先生もおっしゃっていました。東大の入学式に出られたとき、新入生がみんな黒いスーツで、1人も違いを出さなかったと。

挨拶のときに、「これ、おかしいんじゃないの?」と、思わず言ってしまったそうです。まさにこれが物語っています。

それから、国際基督教大学の学長も、何かの媒体に書かれていました。

特にこの10年ほどの大学の入学式は、もう男子も女子も黒のスーツで、没個性がはなはだしいと。昔、僕らの大学時代って、着古したままの学生服とか、ちょっと親がお金が余裕がある人は、明るい色目の茶色のスーツとかね。中には白のスーツでキメてきているヤツがいたり。

でも今は、軒並みダークスーツで、まるで制服のある会社の入社式です。もちろん、就職活動も、もう一律全員が黒。

ちょっとでも人より目立ってしまうと、落ちこぼれてしまう、そう思う人が、本当に増えてきました。もう由々しき事態ですね。

だからこそ、松井画伯のような芯の強い巨匠に時々でもよいので帰国していただいて、喝を入れていただけると、とてもありがたいです。


でも令和元年5月1日、新天皇陛下が即位なさる、そのときの若者の反応を見ていて、良かったなと思ったことがありました。

僕ら団塊の世代の上の世代の方たちにインタビューをしても、全く無表情で感慨もなく、天皇が変わったの、あ、そう、という程度だったんですが、若者たちは、非常に嬉しいことだと言っていました。

よくわからないんだけど、とにかく皇太子殿下が天皇陛下になられて、新しい時代を迎える、めでたいね、という。イベント的な、まあ、クリスマスやハロウィンを迎えるときとも似たような気分だったようです。

お正月によくあるニュースのように一部の若者が暴れる、ということもなく、とても穏やかな雰囲気で過ごしてくれました。

令和という元号も、親しみを持って迎えてくれたようです。

これはひょっとすると、ダークスーツに身を固めていない若者も実はたくさんいるのかもしれない、東大の入学式にはそうした子たちはいなかったかもしれないが、他の所では、これからの世の中を面白くしてくれる若者が出始めたなという、そういう直感があったのです。

なので、僕は、少し安心しています。

◎絵画に浮かぶ愛

松井画伯の最新作の、この『未来の泉』という素晴らしい絵の中に、愛という文字が白く浮かんでいます（※巻末カラーページ参照）。

今回の主催者の方々から、今日はせっかく松井画伯と対談するんだから、できるだけ愛を掘り下げていってくださいと言われました。

それで、さっきこの絵の愛の字を見ていたんです。すると、2つのことが頭に思い浮かびました。

1つは、愛という漢字の成り立ちです。愛という文字の真ん中には、心がありますね。その心を取ってみてください。すると、受けるという漢字になるんですよ。愛は、受けるという漢字の真ん中に心を入れたものです。

では、受という漢字は、なぜ受けるという意味に使うのかというと、これは私が尊敬する「御家元」から直接教えていただいたんですが、上は舟を意味する形であり、下は手になります。

舟は、舟大工がつくり上げたものであり、それを手に載せるのが、受けるという漢字です。単にものを作って、手に載せるだけだと、受けるということになるのですね。

そこに、心を入れる。心を入れて他の人に受け渡すのが愛なのです。

だから、世界中の方々がぜひとも松井画伯の絵を欲しいとおっしゃるはずですね。当然のことながら、松井画伯は心を込めて描かれています。色も心を込めて作られたものですから。

オークションで競り落とした方も、直接、画伯からお求めになった方も、松井画伯から絵を受け取るときに、その心もいただく、その受け渡しが、愛の原点なんですね。

今後、ヨーロッパやアメリカで、松井画伯の作品を譲られる方々に、この日本語の愛という文字について、また心が大事ということも、ぜひご理解いただきたいものです。


松井：愛という字を描くようになったのは、広島に原爆が落とされた60周年のときに、レジオン・ドヌール勲章をもらったのがきっかけです。

私の国籍は、ずっと日本のままです。というのは、後から少し宣伝しますけれども、芸術面でまだフランスは日本をちょっと越しているんですね。

というのは、日本は皆さん頑張っていて、音楽家も小澤征爾さんが出ている、映画は黒澤明さんがとても頑張って出ていたじゃないですか。

藤田嗣治さんも活躍されましたけれども、やっぱり日本では受け入れられず失望したのか、フランスに帰ってしまいまして（※藤田嗣治は晩年、フランス国籍を取得）。

それで私は、フランス人に、日本人は全ての面で本当はすごいんだと知らしめるために、まだ日本人でいるんですね。

レジオン・ドヌール勲章をもらったこの俺は、日本人だぞって。私の家系は、芸術家が多かったわけでもなく、普通の家だったんだ。つまり、日本人はみんな俺になれるんだよ、ただ、俺は運良くフランス留学ができただけ、他の人たちだって、チャンスがあればみんな、レジオン・ドヌール勲章がもらえるくらいの可能性があるんだぞ、と。

日本人として生まれているんだから、何か日本の役に立ちたいと。

それに、亡き両親に頑張っているぞって見せようと思いまして、広島の原爆の絵を描きました。ところが、やっぱり男の人はこんな、被曝して苦しみもがいているポーズ。もちろん、実際に見たわけではないのでモデルを使って想像で描いています。

でも、女性と子どもにはそんな格好をさせたくないので、女性と子どもについては、まだ死にたくないとか、何でこんな目に遭わなきゃならないんだっていう言葉を書いたんですよ。

そうしたらフランス人が、愛という字に目を止めたんです。こんな風にまとまった、美しい抽象語はないというんですよ。

それからというもの、愛という言葉を描くようになりました。それ以降の絵には全て入れております。

それからもう1つ、皆さんご存じのように、フランスでは今でもテロが多発するような状況がありますし、歴史的にも血なまぐさい革命などがありました。

でも、パリに住んでわかったことは、みんな、けんかしないんですよ。その理由は、やっぱり激動の中で生きてきているからなのです。世界平和という意味で「愛」という文字が絵に残りました。

私も実は正直なことを言いますと、フランスに初めて行ったときに、パリの美術学校に入学しましたが、新入生で韓国の方がいたんですよ。

フランスでは、日本よりも韓国や中国のほうが尊敬されています。

それに、とても素敵な韓国人でしたので、恋に落ちまして。日本とは仲が悪いお隣の国とか、もう関係ないですよ。

世界平和には、やはり愛だと思うんですよね。

自然界の動物は、食べ物の取り合いとか、雄が雌を取り合うとかありますが、瞬発的なもので、いつまでも恨んで仲が悪いとかはあまりないですね。人間は、取り合いがあると殺人にまで発展することもあるし、国家同士で戦争にまでなってしまいます。

そんな世界で必要なものは、やっぱり愛というものですね。戦いではなくて、やっぱり愛というものが大事。

日本の教育では、愛どころか、いい大学に行くことが大事ですよね。私が一番驚いたのは、日本に来て、偏差値って何？　っていう。本当に怖いです。大学へ行くための可能性を数値で計ろうだなんて。

僕たちの時代は商業か工業かとか、そんな程度であって。それから、文化面でも、全てコンクールで良い成績を取るのが目標のようになっています。

オーケストラやスポーツ、絵画なども何でも。子どもの頃から何かとコンクールで賞を取ることが推奨されています。

だから、例えば周りの友達や親が認めてくれたからではなく、コンクールで1等賞を取ったからいいんだという感覚になってしまう。全部、評価が人任せでは、責任も自分で取れないいんじゃないでしょうか。

それからもう1つ、日本の今の若者は、逆を行っているんですよね。つまり、若いときはみんな革新的であるべきなのに、みんなが安心・安泰だけを求めて東京へ来て。

保江：わかる、わかる。

松井：通常は、みんな若い頃は革命的で、無茶もするんだけど、徐々に年を取っていって保守的になってくるものだと思うんです。日本は充分幸せな国じゃないかって言ってね。そういう意味では不思議ですね。

それを誹謗しているわけではないのですが、そもそも安心や安定というのは、長持ちしないんですよね。

最近自分も思うのは、フランスに行って53年になり、世界の人に認めてもらえるようになって、成功とは何かって考えるんです。有名になることが成功とおっしゃる方もいます。でも、有名になっても不幸だと感じる人もいるわけです。

だから成功っていうのは何かっていうのは、困難なことがあっても幸せだと感じられるかどうかだと思います。つまり、成功とは「幸せだな」と感じる回数が多いかどうかだと思うんです。

だから、やっぱり安定の中には幸せはないです。安定は飽きますから。それを最近感じているからこそ、私は日本とフランスを行き来しているのです。

24時間、コンビニが開いているのが平和ではないんです。コルシカはどこにでもコンビニがあるわけではないですが、知恵があるので困ることはありません。

私も、日本に来るとコンビニがあって困っちゃいます。寝る前にアイスが食べたくなったら、すぐに買えちゃいますから。

コルシカ島だと、お店もそんなに便利に開いていませんので。1週間分を買っておくとか、ちょっと知恵を働かされますよね。

この食材は長持ちするとか、この食材はそんなに長持ちしないのに買いすぎたから人にプレゼントしようとかね、そんなご近所付き合いも楽しいんです。

日本で暮らしていると、そういう便利さを平和だと勘違いしすぎかと思います。

若い人に聞くと、日本は平和だって言うんですね。私から言わせたら、冗談じゃないですよ、だって告げ口はされるし。

私も、日本に来ると変わり者だって言われます。確かにおじいちゃんの生まれた代からこういうモード系ファッションをしていますけどね。本当に、普通の人なんです。

それから、あなたは世間知らずとか、うまく建前と本音を使えないとかも言われます。

だって、外国に住んでいたら本音を言っていても誤解されるんだから、建前なんかでは、全く意思疎通ができません。

本当にこういう自由奔放なことをやっているからこそ、素晴らしい人と知り合えたと思うので。

それともう1つ、私の絵のコレクターの人がF1の会長で、90歳になっても世界中を動き回っている人ですけれどね。年取らない秘訣は何ですか？　って聞いたら、絶対に泣き言を言わないことだそうです。泣き言は健康に良くない、だから、いつも泣き言を言う前に戦うって教えてくれましたね。

それから、その方は、F1のオーナーだった頃は、1時間に何億も稼いだ人なんですよ。それなのに、いつもお金について心配をしろと言うんです。私が不思議そうな顔をすると、自分のためじゃなくて人のためにお金を使うとか、環境が悪い所に暮らす子どもに贈るとか、そんなことのようです。

人のために稼ぐ意識でいなさいということです。そうすると気持ちがいいんですよ。

私も、とても共感できるところでもあり、私の絵もおかげさまで売れるようになったので、人のために役に立てればなと思います。フランスでも、寄付などをしています。

昔、チェルノブイリの原発事故があったとき、コルシカの子どもが喉頭癌になったこともありました。

やっぱりどこの国も一緒で、政府は黙っていましたね。私も、余裕のあるお金は寄付したりしました。それで、自分のお金をどうしようかと。

美味しいシャンパン飲みたいなと思っても、ちょっと今回はやめとこう、その分を寄付に回そうなど、絶えず頭をそうしたことに巡らせる。

こういう話があったんですよ。チャリティーでオークションに絵を出品したんですけれども、競り落とされてぼんっとお金が入ったんですね。

でも、そのときにどうしても欲しいものがあって、どうしようかと思ったんですよね。黙っていればわからない。１０００万ですよ。

神様は見ていました。それが10倍になって返ってきましたから。

神様は本当に見ていてくれて、ごまかしも見ているけれど、いいことはもっと見てくれます。そういうことで、神様から送り込まれている守護神がいるみたいです。

保江先生のこの顔見ていると、普通の顔じゃないんです。表面が人間の顔をしているだけであって。だって、保江先生は本当にすごいですよ。

今、ちょっとしゃくだったのは、「愛」という文字について読み取られてしまったでしょ。私は53年、秘密にこっそり勉強して読み取っていたというのに、すごい方ですね。そういうことで、今日は本当に緊張が解けました。

◎松井画伯の絵と素領域理論

保江： ありがとうございます。

広島原爆とか、60周年で描かれた中の愛という文字について、なるほどと感動したことがあります。

実は僕は『神の物理学』（海鳴社）という本を出版したんですが、表紙カバーにぜひ、松井画伯の絵を使わせていただきたいと願ったんです。

松井： ありがとうございます。

保江： 本文中にも、何枚か松井画伯の絵を使わせていただけました。

なぜこの『神の物理学』にこれを使わせていただいたのかといいますと、これまたまた広島原爆につながってきます。

広島で被爆された方の中に、当時、広島高等師範学校の教授をされていた哲学者で、山本先生という方がいらっしゃいました。

彼はもともと東大の哲学者で、それもヨーロッパの宗教哲学の専門の方だったのですが、東大の助教授から広島高等師範学校の教授として赴任され、広島に行かれたときに原爆に遭われました。

悲惨な状況を見て、これは哲学をやっているときではないと、学者という職を捨てて、浄土宗光明派の門を叩きました。

浄土宗光明派の考え方は、実は仏教の顔をしたキリスト教なんです。

そして、光明派で浄土宗の僧侶となり、その後、鳥取のお寺のご住職になられていたんですが、お名前を山本空外といわれます。非常に示唆的なお名前で、空間の外と書きます。

この方が、宇宙空間について、本当は丸い小さなものが集まっているんだよ、とおっしゃいました。

当時、奈良女子大学の数学者でいらした岡潔先生、それから京都大学の理論物理学者の湯川秀樹先生も、山本空外和尚から、我々が存在する空間はこういうものだよと教わっていたのです。

数学者の岡潔先生は、山本空外和尚から教わった、こういう空間の背後にあるものを、情緒とか愛とか、そういう表現をされていました。

理論物理学者であった湯川秀樹先生は、物理学会では情緒とか愛だと言うと袋だたきに遭うことがわかっていますので、ずっと黙っていた。

でも、そんな表現になるものが、山本空外和尚が空間について直観された姿なんですね。

それを岡潔先生も、実際に見られたそうです。こんな風に周りにもいっぱいあるんだよ、それが情緒なんだ、愛なんだとおっしゃる。

湯川先生は、ノーベル賞受賞者になられて知名度が上がっても、しばらくは慎重になさっていましたが、そろそろ、今なら変なことを言っても絶対に物理学会から叩かれることはないと確信を持たれてから、そのような構造を素領域理論として提唱されるようになりました。

粒子の元が素粒子、空間領域の元が素領域です。だから、空間は元である素領域がいっぱい集まったものなんだよという理論を、１９６２年頃に提唱されました。

ノーベル物理学賞を受賞した大先生の理論ですから、新聞などは大々的に報道したんですが、物理学界ではそれでもなお、「え？　空間？　そんな所には何もない。空間があんな風になっているわけがない」と、ほとんど見向きもされなかったのです。

ほとんどのお弟子さんも、湯川先生ももうろくしただの、そろそろ棺桶に片脚突っ込んじゃってると陰口を叩いていました。

僕だけです。真剣に、それが本当に違いないと思ったのは。僕にも、どう見てもそう思えたからです。

そうしましたら、上賀茂神社に行って、権宮司様と名刺交換したとき、

「私と同じ保という漢字が使われていますね」と言われ、

「よかったら松井画伯の襖絵と、床の間の掛け軸をご覧になりませんか？」とご案内してくださったのです。

床の間の部屋に入って、驚きました。

松井画伯も先ほどおっしゃっていましたけれども、今の日本人は本当に枠の中に固まっ

ていますね。僕も、当時そうでした。

床の間に飾る掛け軸って、だいたいスタンダードな大きさがありますよね。

ところが、そこにあったのは、床の間の幅全部という大きさだったんです。

でも、その絵は、なんだか知っているような気がしました。

「何か、見たことがある。これ、湯川先生の素領域そのものだ」って。

もっとすごいのは、襖絵でした。白い和紙の襖に白い鳥が飛んでいます。とても繊細な絵です。

驚いたことに、北の面と東の面との襖の間の柱にも、描かれているのです。もうこれ、通常の日本人の頭では、縛りがあってとてもできません。

僕はもうそれでガーンとなってしまい、これは神の物理学、湯川秀樹先生の素領域理論を解説したようなものだと思いました。

僕の著書である『神の物理学』は、単なる素領域理論を解明するためだけでなく、霊魂とか、魂とか、幽霊とか、超能力とか、そういうものまでも、この湯川秀樹先生の素領域構造を認めたら物理学的に説明できるということを著した本です。

だから、『神の物理学』なんですが、だったら表紙カバーには、松井画伯の絵を使用させていただくしかないと思いました。

画伯はフランスにいらっしゃいますから、それで今日の講演会の前にライアーを弾いてくださった女性を始め、皆さんのご協力で松井画伯とつながりができまして、画伯にご快諾いただけました。ありがとうございました。

原爆被爆60周年を祈念して描かれ始めたという松井画伯の絵は、広島原爆の悲惨な状況を見て、哲学者から仏教界に転向した山本空外和尚が見たというものと、まさに同じなのです。

画伯も先ほどおっしゃっていましたけれど、やっぱり神様っていらっしゃるんだなと僕も思います。常に見ていらっしゃるんですね。

僕は時々学会のためにアメリカに行きましたが、会場になっている大学のトイレに行ったら、壁にいろいろな落書きがあるんですよ。

よく、くだらないことばかり書いてあるものを「便所の落書きのような」という表現をしますが、アカデミックな大学のことですから、ちょっと気になるようなことが書いてあったりします。

ついつい読んでいましたら、「Who cares」、つまり、「誰が気にするの？　好きにしろよ」と書いてありました。その下に、また別の人の字で、「God cares」、「神が気にしているよ」とあります。

なかなか洒脱な回答です。これを書いたヤツは僕も好きだなと思ったんですが、本当に神様っていらっしゃるんです。

松井画伯の周りにも神様が常にいらっしゃいます。僕が拝見してきた、大きなキャンバスに描かれた絵、もう、神憑かりです。

上賀茂神社の権宮司様からも、画伯は目に見えたものをそのまま描いていらっしゃると聞いておりますが、そのあたりのことを少し教えていただければと思います。

松井：さすがに保江先生ですね。

といいますのは、繰り返しになりますが、私は生まれが名家でもなく、本当に普通の家庭で生まれました。

パリで30年、とにかく世界からトップが集まっている所で、最初はよく来たね、と歓迎してもらえているように思えたのが、そのうちに、絵を売りに行くととことん値切られるなど、本当に大変な30年でした。

でも、それを乗り越えて、コルシカに移住することにしました。先ほど言ったナポレオン生誕の地、本当に美しい所です。皆さん、ぜひ来てください。

コルシカは不思議な所で、私が意識的に描くのは本当に2、3時間です。あとはもう勝手に筆が動いてくれる。

ちょっと自分でも、これは描き続けなくちゃいけないのだなと、選ばれたんだなと思うようになっています。

今日もいらしてくださっている、上賀茂神社の田中宮司さんが、

「先生、襖絵なんて無理でしょうか？　それに、費用もお高いですよね」とお声がけくださったので、

「神様から取りませんよ」とお答えしました。

そしたら、そんな襖絵が出てきたんですよ。それまでは、こんな絵は描いてなかったんです。

それから、ルルドの絵は、奇跡の泉と聞いていますからね。ルルドの泉の水を使ってルルドを描きました。

そして絵を持ってきたら、ルルドの教会のトップの方が、「いつからルルドで描いてい

たんですか？」って聞いてきました。

「いいえ、私はルルドの泉を（神から）描かされていたんです」と答えました。

それで最近は東京の神田明神でも作品を奉納しました。「昇り龍」など10メートルの油絵を天井から吊るすなど、新しい飾り方に挑戦しています。

10メートルの大作を奉納するために何点も制作したのを見て、神社の方に、

「先生、これだけの絵を全部1人で描いたんですか？」とびっくりされてしまいました。

最近、やっぱりいつも私の人生はひどい目に遭うことばっかりだなって思ってたんですが、でもそんな私を神様が見ていてくれて、何とかしてやっぱり拾ってくれたんですね。

私は、神様からのご褒美と思っています。私が神憑かっているんじゃなくて、コルシカに行ってから、場の力というのでしょうか、絵筆を持つと、手が自動的に動いてくれる。だから、20年いてもぽんぽん描けるんですよ。普通は、塗るだけでも迷っちゃうところです。

このあいだも、私の出身高校から講演を頼まれまして、1年生、2年生、3年生、1500人も集まったんです。

質問コーナーでは、生徒が、

「松井先生、外国でいろんな目に遭ってよくここまで来られましたね。僕たちは不安でしょうがないんです」って言うから、

「一生懸命やっていないから不安なんだよ」と答えました。

僕は一生懸命やっていたから、不安なんて感じる隙間があまりなかったんです。

そうしたら、実をいうと私の高校は、昔は優秀だったのに学校群制度で変わっちゃって、何かまたダメになってて。

ところが、その年に、なんと京大に４人も合格したんです。

私のおかげではないでしょうけれど、高校の先生からは、これから毎年来て欲しいなんて言われました。

何度も言いますように、僕は天才ではないですが、半世紀も同じことをコツコツやって頑張っているおかげで、神懸かってきたということもあるかもしれません。

それは、別に絵に限ったことではなく、子育てもそうです。

一生懸命子どものために、絶対に子どもが幸せになって欲しいと一生懸命やっていれば、貧乏であっても助けてくれるとか、そういう面もありますね。

私が最近日本に来るのは、実を言うとそれなんです。

若者たちに、とにかく50年頑張れと言いたい。私は、この7月25日に77歳になるんです。

我が家の7人兄弟は、私以外みんな、50歳前に癌で死んでいます。やっぱり、私のようにコツコツやっていたら神様は助けてくれるんですよね。77歳で、元気いっぱいなんです。絶対に頑張っていれば奇跡が起こって願いをかなえてもらえますね。それを、声を大にして言いたいです。

だから、天才じゃなくとも、頑張っていれば保江先生のような天才に近づけると思います。

そういうことで、これからは良き天才と普通の人でタッグを組むとして、お願いいたします。

保江：僕は天才ではないのですが、天の災いのほうの天災かなと思っています。

確かに、若い人たちにそういう風に言ってくださるという場が必要なんだと思います。そして、先ほども申し上げましたように、今、非常にいい方向に向かっている若者たちも大勢いるのです。ただ、その人たちはあまり表に、東大の入学式のようなところには出てこない。

ですが、表にはいなくても、目立たない、自然な感じで、いい方々はたくさんいらっしゃるようです。

例えば、僕も3回ほど対談させていただいた、さとうみつろうさんという、今沖縄に住んでいる方がいらっしゃいます。

わりとスピリチュアルな青年で、ピアノの弾き語りをしながら3000人の聴衆を前に、こういう風に生きようよと提言したり、『悪魔とのおしゃべり』や『神様とのおしゃべり』（共にサンマーク出版）なんていうタイトルの分厚い本を出版されたり、そういう面白い方なんですが。

なんとその彼が、つい先週、5月18日土曜日に伊勢神宮に招かれて、内宮でやっぱり5000人くらいの若者を集めて、いつもやるようなパフォーマンスをなさったらしいんですよ。

伊勢神宮の界隈なんて、普通の土曜日曜でもいっぱいですよ。車が渋滞しています。ましてや彼のイベントに5000人の若者が集まって、もはやパニック状態なんですが、誰一人として怒ったり、イライラしていない。みんな笑顔なんです。

内宮に行く道路では、まるっきり車が動かないのに、それでもニコニコして皆さん手を振ったりしている。日本もそういう時代になったんだと、嬉しくなりました。

松井画伯は、永遠の若者ですよね。さっき、お年を伺って驚きました。見た目からは、私と同い年くらい、60代だと思っていたんですよ。

だからやっぱり、好きなことを、ストレスなく神憑かり的になさっているといつまでも若いんだと思います。

僕も、自慢じゃありませんが、好きなことしかしません。それが一番いいことだと思うんです。

◎神様のお手伝い、看取り士という仕事

さて、今回のテーマ、愛というものについてお話しします。

先ほど僕は、愛という漢字は、受けるに心が入っていると言いました。

もう一つ、山本空外和尚も、それから松井画伯も、実際にこの空間を見ると、素領域の構造が見えたり、感じられたり、神様が描かせてくださったりするとのことです。松井画

伯の絵には愛という漢字も出てきます。

僕の知り合いに、看取り士という職業を生み出した女性がいます。なぜ知り合ったかというと、岡山にその看取り士の団体の本部があり、僕も2年くらい前までは岡山に拠点を置いていたというご縁があるからです。

その女性は、死にゆく人を看取るという仕事をしようと、なぜか閃きました。

特に1人で逝かれる方、例えば病院とか、福祉施設とかで、身寄りがなく、誰にも看取られずに死んでいかれる方々を看取ろうと思われて始めたものの、けっこうきつい仕事だったそうです。

まず、お医者さんや施設長に頭を下げて、亡くなる方を看取らせてくださいとお願いするのですが、なかなか許可が出なかったそうです。

けれども、努力のおかげで最近は看取り士という呼び名も知られてきて、許可が出やすくなったといいます。

看取り士とは、何をするかといえば、例えば膝枕です。

お医者さんが、「この人はもうじき死ぬよ、あと1時間くらいかな」と判断したら、看取り士が呼ばれます。看取り士には男性もいるんですが、僕は男の人には看取られたくないですね（笑）。

看取り士が呼ばれて、抱きかかえて、その姿勢で亡くなっていくというようなイメージです。

ただ、亡くなるまでの時間が、お医者さんの見立てどおりにいかないんですね。1時間だと呼ばれていっても、実際は12時間もったりする。その間ずっと、抱き続けなきゃいけないので、腕がかなりしんどくなります。

そこで、膝を背中とか首に入れて、膝枕にする。

その女性が、看取り士を始めて20人目くらいのときに、その人がじーっと笑顔で見つめるんですって。そういう孤独な方は、表情も最初はこわばっているんだそうですが、だんだん目が柔らかく、優しくなっていって、そろそろかなと思う頃は、よけいにじーっと見つめてくる。

言葉は介さない。見つめ合っていて、あるタイミングで、「あ、旅立たれたな」とわかり、「よかった、無事に逝かれたんだ」と思って、ふっと目を上げて周囲を見たときに、愛という漢字がぽんぽん、ぽんぽんって空間に浮かぶように見えた。

「あれ、私頭おかしくなったのかな」と思って頭を振ってみたけれど、やっぱり見えるんですって。

それで、その愛という漢字の1つに焦点を当ててじーっと見ていたら、今度はその愛という漢字が、金色の光になったそうです。

「これが、今旅立たれた方の魂を迎えにこられた、神様のお使いなのか」と思ったとのこと。

その後、看取り士はどんどん増えているようです。

看取り士という職業は、おそらく日本発祥です。

ヨーロッパ、特にフランスはカトリックの国ですから、亡くなられる前は神父様が来られて、最後の聖水をかけたり、氷を口に当ててくださったり、様々な手当をされます。

最後のお祈りもあり言葉を交わすとか、キリスト教ではそうした看取り方をしますね。

でも、看取り士という仕事はありません。

日本では、亡くなってからお坊さんのお仕事が発生します。

亡くなる前に、身内以外の、例えばお医者さんや看護師さんがずっと付き添って看取ってくれるかといえば、それもありません。

でも、お医者さんでもない人が、家で他人を看取れば、事件になります。警察沙汰になってしまいます。身内でもないのになぜ死に際に一緒にいたのか、ひょっとしてお前が絞め殺したんじゃないかとか、動けないことをいいことに鼻をつまんでいたんじゃないかとか嫌疑がかかって、本当に面倒なんですよ。

でもお医者さんが1人いれば、事件にはなりません。もちろん、ご親族の方であれば、ご自宅で看取るのも大丈夫です。

その、初めて看取り士となった女性が、20人目を看取ったときに、愛という文字が見えた。さらに、金色の光で包まれていたということの話は、事実だと思います。

松井画伯も、原爆の60周年の絵を描かれたときから、愛という漢字を入れるようになられた。漢字を知らないフランスの方々、ヨーロッパの方々が、愛という漢字に特に引かれたのは、やはり素領域構造の中に、愛があるからではないでしょうか。

素領域が見える人の目には、愛という漢字に映るに違いありません。その愛という漢字をふんだんに、神様に使わせていただけるのが松井画伯だと、僕はそう信じています。

◎世界を目指す——成功の出発点

松井：今伺ったお話の中で、愛という文字を描くようになった、そのときから私はフランス発信で世界中で「光の画家」って言われるようになったのです。

あの頑固なフランス人、自分たちが一番だと思うようなお国柄の人たちが、私のことを30年間いじめておいて、ついに認めてくれたと思ったら、今度はフランスの誇りなんて評価してくれるようになりました。

先ほどお話ししたように、私は今後も絶対、日本人でいようと思っていますが、フランスのほうからはフランス人になってくれとしきりに言われているんですよ。

どこの政府もやっぱり、自国を守りますよね。

フランスにももちろん、ナショナリズムがあります。国をあげて美術を大切にしているフランスでも、美術館の予算はやはり限られていますし、できるだけフランス人の絵を買いたい。

だから私がフランス人なれば、自国民の絵を買っているという大義名分が立つんです。生まれがどこであっても、宗教が違っても、フランス人であればいいのですね。

数年前に、フィガロという新聞が、自分の子どもたちに就かせたい職業は何かと、アンケートを取ったんですが、驚きました。

フランスは、エアバスなどの飛行機だとか、カメラのレンズなどは世界一ですよね。産業もとても発達しているのに、このアンケートの回答でのトップは、なんと芸術家だったんですよ。

しかも、芸術家の中でもどの分野かというと、一番時代遅れと言われている画家だったのです。

画家では、日本人の成功者はとても少ない。名前が挙がるとすれば、髪を赤く染めてる草間彌生さんとか、人形を作っている村上隆さんとかでしょうか。

ヨーロッパは、いい悪いは別として頑固ですので、商業主義はアートじゃないっていうところがあるんですね。

それはフランスが正しいかどうかは別として、ああいうのは流行であって、流行とアートが違うのは、流行は時期が限定されるけれども、アートは売れたり消えたりということは関係なく、永続性のあるものをいいます。

他にも素晴らしい人がいっぱいいるのに。ノーベル賞もいっぱいもらっているし、国際コンクールでは賞も取るし。画家だけはいないですよね。

だからそういう意味で、私が本当にやりたいことは、やっぱり世界に、日本人でもすごい画家がいるんだということをわかってもらうことです。

時代によって価値観も大きく変わっていきます。

日本人でも、世界を目指すという志がもっと欲しいですね。

若い人は当たり前ですが、日本は長寿社会になったでしょ。

だから、お年寄りも芸術家として世界を目指す、そのための寺子屋を作りたいと思っているんですよ。多くの皆さんからアイディアを出してもらったりして、実際に始めたところです。

目指すということが、成功の出発点だと思うんです。

私がパリに住んでいた頃、やっぱり日本人はどうしてもアメリカ優生主義みたいで、アメリカで成功したら初めて世界に認められたということ、というようなことを言われました。

私は全くピンときてなかったんですが、でも日本でも私の絵を集めてくれている人たちもいるので、彼らを喜ばせてあげようと思ってアメリカに行ったんです。

私の絵のコレクターの1人が、フランスのユダヤ協会の会長をやっているので、ニューヨークのユダヤ協会の会長を紹介してもらいました。あの世界は、ユダヤの人が多いんです。

そしたら、カステリ画廊さんが来てくれたんですよ。

アンディ・ウォーホルだ、とかってね。私はフランスでやっていたから、そういう人は別にいると思っていたんだけど、一応世界の有名な方ということで。

そしたらなんて言ったと思います？　あなたは知っているかと。アメリカが商品を売り出すときは、とにかくNEW、NEW、NEWと宣伝する。歯磨き粉のNEW（新商品）ができた、何かが新しいとか。それで消費者に買わせていると。つまり、作品も芸術家も商品として売ると。だから確かに、あそこの画家の皆さん気がついていないと思いますけど、皆さんもう早死にしていますよ。

麻薬で死ぬか、交通事故に遭うか、まともに生きた人はめったにいませんね。

だから、あなたはフランスで頑張って欲しいと言われました。

「え、私はここにいたら殺されるんですか？」って聞くと、小声で、

「そうだ」なんていう、ちょっとやばいような会話です。

そういうことで、とにかく皆さん、年齢にかかわらず、世界を目指していきましょう！

私も、自分でも77歳って信じられない。本当、自分で驚くほど、年を感じません。まだまだ、世界を目指して参ります。

肉体と心を割って、2で割ったのが本当の年齢です。

日本でも、これからいろいろ進めていきたいと思いますので、よろしくお願いいたします。

◎ドキュメンタリー「ルルドの奇跡」

保江：ありがとうございます。

先ほど、松井画伯からルルドという地名が出ましたが、そういえば僕の原点もルルドだったなと思い出しました。

今から、15年くらい前ですが、大学で働いていたので夏休みが2ヶ月あったのですが、その2ヶ月間、便が出なかったんです。まあ気軽に、これがいわゆる便秘だろうと思っていました。

でも、その頃はまだお酒をがばがば飲んでいましたから、毎晩、ビール飲むわ、ワイン飲むわで、どんどん溜まっていったんですね。

もう、妊婦さんのようにお腹が膨らんで、臨月くらいの大きさになって、あまりにもおかしいし、痛かった。鈍痛が続いていましたから、近所のかかりつけのお医者さんのところに行って、診察室でお腹を見せた瞬間、

「ここにいたら死にますよ。すぐに大病院の救急に行きなさい」と言われてしまいました。すぐに連絡してくださって、あれよあれよという間に緊急手術です。

結局、大腸癌が進行して腸を塞いでいたということが原因の腸閉塞でした。開けてみたら、既に腸壁に亀裂が走っていて、あと1日手術が遅かったら腸壁が破裂して中で出血、即死なんだそうです。

もう大手術、6時間もかかったんですが、ちょうど3時間目くらいのときに心電図モニターがピーッと鳴って、2分30秒の間、死んじゃったらしいんです。

お医者さんが必死で蘇生させてくれて、生き返ったんですが、その間に、地獄を見ていました。本当に怖かったんです。僕はキリスト教信者ではないのですが、教鞭を執ってい

たのがノートルダム清心女子大学という、カトリックのシスターたちが運営する大学で、キャンパスにマリア様の像が置いてあったことだけ覚えていたので、必死にマリア様に祈って、「助けてくださーい」と。

おかげで本当に助かって、無事に手術が終わって退院のときに、抗がん剤と放射線治療を続けるというお医者さんの治療方針を断って、代わりにルルドに行きました。

クリスマスイブの寒い日に、ヨーロッパが大寒波で凍結した、あの日です。パリから出る飛行機も5時間も遅れて結局、ルルドに直行できずに、途中3ヶ所に寄ったんですよ。通常の国内線の旅客機が飛べないくらいの寒さでした。

20人乗りくらいの小さなプロペラ機が、やっと飛べるということで、パリからまずジュネーブに行き、翌日にジュネーブからクレルモンフェランに飛び、そのままクレルモンフェランからトゥールーズ空港に行き、トゥールーズからルルドまではレンタカーを自分で運転してという具合に、飛行機を3回も乗り継いでいきました。

そして、ルルドでは本当に不思議なことが起こったのです。

夕食を取ろうとホテルのレストランに入ると、席はガラ空きなのに、ウエイトレスのおばさんが、ここにあんた座れって、おそらくフランス人と思われる青年の横に座らされました。一応、「すみません」とか言って、なぜか隣同士で食事をすることになったのですが、彼が先に立って出て行くときに、フランス語で言ったんですよ。

「クラージュ」

僕は、「え、何でこんなときに?」と、とまどいました。「ボンヌ・ニュイ」というおやすみを意味する言葉が普通なのに、「クラージュ」、それは、勇気を持ってねとか、頑張ってね、という意味なんですから。

なぜそんなこと言われたんだろうと不思議に思っていたら、その夜、2時間後にルルドの洞穴の中で、本当に悪魔の化身のような女性に邪魔されたんです。洞窟の中にある十字架の前で祈ろうとしたとき、その女性が立ちはだかってきたのです。

もうどうにもならないと思ったときに、僕の後ろにその青年が現れて、その悪魔の化身を追い払ってくれ、本当に助かりました。後にこの話を知り合いのカトリック伝道師に伝えたときに教えていただいたのですが、その青年は、大天使ミカエルだったのです。

その後、そのときの話を書いた僕の本『魂のかけら』(※佐川邦夫=ペンネーム、春風社)を読んでくださった霊能力者の迫登茂子さんから、僕のガイドでルルドに行きたいと連絡がきました。その方はご高齢者で、

「間もなく私は死にます。費用は全部出すから、ガイドとして連れて行ってください」って言うんです。

断り続けていたのですが、もう私死ぬと言われて断りきれなくなり、再び、今から5、6年前に行きました。その方の他、その方のお仲間である3人の女性もご一緒でした。そうしたら、また悪魔がいるんですよ。もちろん人物は違うんですが、やっぱり邪魔されてしまいました。もうびっくりしてしまったのですが、何とかお祈りをすることができました。おかげで、ずいぶんとスケジュールが狂いましたが。

パリに戻って、ノートルダム大聖堂に行ったら、ちょうど200年に一度行われる伝統的なミサがあるので、終わるまで入れないことになっていました。裏側にある入口に、観光客がもう、長蛇の列なんです。

ご高齢者の女性を立ったままでお待たせするのも気が引けましたから、何とかならないかと思って、列の最後のほうから最前列まで行くと、黒人の警備の人がいました。

「いつ頃入れる？」と聞いたら、

「今日はミサが終わってからじゃないと観光客は入れない。特にお前は絶対入れてやらない」って言うんです。

こいつ俺に何の恨みがあるのかと不思議だったんですが、とにかくその黒人青年は、「お前だけは絶対入れない」って、冷たい態度でした。

西洋諸国では、時々日本人も差別されますよね。そんな理由かなと思いながら、仕方ないのでおばあさんのところへ戻って事情を説明すると、じゃあ正面に廻って全体を見たら帰りましょうということになりました。

実際に正面に廻ったら、白い法衣を着た司祭とか神父さんが20人くらい、ノートルダム大聖堂の正面の、大きな扉の所に並んでいるんですよ。

おばあさんが、「これなんでしょうね」とか言いながら、その行列の後ろのほうに寄っていくから、僕も「何でしょうね」と応えながらついていきました。

すると、パイプオルガンの荘厳な音楽が鳴り響き、その大きな扉がばーっと開きました。中には、ミサに参加する信者さんがたくさん座っていて、真ん中の通路を司祭や神父さんたちが厳かに歩いていきます。

おばあさんは、興味本位か、列の最後について歩いていきました。僕もどうせ途中で止められるだろうと思いつつ、その後ろを歩きました。他の3人の女性も一緒です。

すると、なぜか止められなかったんです。「お前だけは絶対に入れてやらないぞ」と言った警備員までもが黙ったままで、結局、中まで入れたんです。後で聞くと、東洋から来た特別な女性、カトリックの日本の信者の代表の人だろうとみんな誤解してくれたようでした。

中に入って、真ん中の一番いい席で、２００年に一度のミサに参加することができました。

始まって10分くらいしたら、5メートルくらい前にいた背の高いフランス人の青年が、なぜか僕のほうをちらちら見始めたんです。

男好きなヤツなのかと思っていると、そのうち僕の前に寄ってきて、冊子を渡してくれるんです。ありがとうと受け取り、開いてみると、ミサの式次第が書いてありました。ページをめくっていると、一度向こうに戻った彼がまたやってきて、その冊子を指さしながら、耳元で何ページってささやくんですよ。

そのページを開いてみたら、ちょうど今神父さんたちが、キリストの一生を賛美歌に合わせて物語っている文言が出ていました。

要するに、これを読めということかとわかり、おばあさんにも、今、聖書の一節を皆さんがああやってお話と賛美歌で演じていらっしゃるんですよと説明しました。

後から聞きましたが、後ろに座っていた仲間の女性たちが、８００人ほどの参加者の中で、長身で一番格好良い青年がいて、最初から目をつけてずっと彼を見ていたんだそうです。

その彼が、なぜか僕のところに何回もやってきて、何かを手渡したり、耳元でささやいていたり、いったい何だろうってみんなで気にしていたんですって。

ミサが終わるときに、僕がその青年に少し近づいてありがとうって声をかけたら、なんと彼は僕に、

「ビヤン ルヴニュー」と言ったんです。これは、「よく帰ってきたね」というような意味です。

でも、彼とは初対面なんですよ。初対面なのに、「ビヤン ルヴニュー」とは……。

そのとき、不思議そうな表情をしていた僕の肩を軽く叩いてくれましたが、そのときにわかりました。こいつ、あのときの大天使ミカエルだ、と。

あのときよりはちょっと背が高くなっているけれど、おそらく、人間として現れるときの姿は毎回違うんだろうと思いました。大天使ミカエルが、よく戻ってきたねと言ってくれたんだと、僕はそのときに直感しました。

その話をおばあさんと仲間の女性たちにしたら、どおりで最初、みんなでこそこそっと入場したときから、あの人だけに目がいっていたって大喜びです。

アメリカでも、何度か天使に助けられたことがありますが、みんな普通の人間の体に見えるのです。あるときは黒人のでっぷりしたお巡りさん、あるときは白人の小さい女の子でした。フランスでは大天使ミカエルは非常に格好良い青年でした。

天使って、そんな風にいるわけです。日本でも、権現様と呼ばれるような人の姿をした神様や天使が、いっぱいいるんですよ。

きっと、松井画伯も天使じゃないかと思うんです。

特にキャンバスに向かわれているときは、人間の松井画伯ではなくて、天使の松井画伯になっている！

そうでもなければ、このような素晴らしいものは描けないでしょう。人間の技じゃ無理なんです。

やっぱりさっきおっしゃっていたように、神様に描かされているんですね。

天使って自由意志がないんです。人間は、自由意思で、この仕事、合わないな、転職しようなどと自分で決められるんですが、天使は神様のお使いなので、ミッションを断ることも、途中でほっぽり出すこともできません。

フランスに行き、30年間、コツコツ、コツコツと研鑽されて、高い評価を得られるようになられた。自由意思があったら、途中で日本に帰ってきます。僕もアメリカに渡っていたら、きっとギャングになっていたのではないでしょうか。

コツコツと絵を描いていた、とさっきおっしゃっていました。これはもう、天使の証なんです。

さっき松井画伯がお話しされた、将来のことが心配になるという人がたくさんいると聞いても、ご自身は、「先のことなんか全く心配ない。暇さえあればずっと描き続けられた」とおっしゃいました。これは、天使でなければできないことなんです。

先ほどから天才だと褒めていただくんですが、天才っていうのは天使ではありません。天使は、天才よりすごいんです。

カトリックでは、悪魔に打ち勝てるのはイエスキリストの母であるマリア様と、大天使ミカエルだけなんです。だから、大天使ミカエルの像があれば、足元をご覧になってください。必ず悪魔を踏んづけています。

マリア様の像をご覧になってください。あの美しい、お優しいマリア様が、ヘビを踏んづけているんですよ。必ずそう描かれていて、例外はないのです。

僕はルルドに行って、実際に体験してきて、フランスの底力はすごいなと感心しました。しかも、カトリックの教えが、今も生きているすごさです。

第二次世界大戦の頃から、戦争が強い国はアメリカとソ連、つまり今のロシアだという雰囲気になっていますが、実は違うんですね。

僕は、実は兵器マニアというか、兵器オタクなんですけれど、フランスのダッソー社という会社は、ミラージュという戦闘機や、非常に優秀な宇宙船も造っています。人口衛星も造っています。

アメリカも、本当は国内メーカーのものよりもダッソー社の戦闘機を買いたいんだけれど、他国の戦闘機にはなかなか手が出せない。ロケットもミサイルも、原子力潜水艦も、戦車も、今やフランスがトップ、ハイテク機械もトップなんです。

でも、日本人は特に、そんなことは知りませんよね。兵器といえば、ロシアかアメリカだろうと思っている。

それから、原子力。日本もフランスに頼っているんですよ。3・11であんなことになった福島第1原発で、今も融け落ちた燃料棒や放置された燃料棒から放射線が飛び出しています。

それをどうするのかというと、フランスに移送すると、処理してくれる。

じゃあ、フランスではどう処理するのかというと、きちんとシステム化されていて、安全なんです。危機管理についてもマニュアル化されています。

それは政府もそうだし、会社もそうですから、フランスに任せておけば原子力は危なくないんです。

日本は、アメリカの原子炉の古い設計図をもらってきていたから、回避できなかった。日本は戦後のアメリカの占領下のままですから、フランスのものをあまり買えないし、フランス政府ともそんなに交流がないんですよ。

文化的交流を、何とか突破口にしたいものですね。

特に今後は、松井画伯に霞が関で少し頑張っていただきたい。皆さんで、霞が関の役人や政治家に画伯をご紹介して、フランスとの間の交易を発展させましょう。

文化だけでなく、特に、先端の技術を安全に使いこなしているフランスのノウハウを頂戴したいですね。

日本の航空自衛隊の戦闘機、陸上自衛隊の戦車、海上自衛隊の護衛艦、イージス艦、潜水艦の表面には全部、松井画伯に絵を描いていただく。絵からは愛が溢れていますから、ロシアも中国もアメリカも、それを破壊することはできません。

専守防衛として、最もいい方法です。松井画伯に、愛と素領域の構図を描いていただいたら、世界中の軍隊、誰も手が出せなくなるんです。ぜひお願いします。

◎本当にいる「エクソシスト」の体験話

松井：悪魔の話が出ていましたが、悪魔は本当にすごいですよ。

実をいうと、私にも、ある程度人を感動させる絵ができるときには、仕上がる前に悪魔がどんどん絵から出てくるんです。

今までは自分でもわからなかったんですが、名画ほど完成前は決まって絵が汚くなってくるんですよ。もう悪魔が絵から飛び出してわーわー言ってくるんですよ。自分はこんなに一生懸命ちゃんと描いているのに何で？ って思います。

だから、そのときに戦うんですね。消えることはないんですが、必死に悪魔を抑えるんです。例えば、私の作品の「遺言」ですね。２年半かけた絵なんて、仕上がる前も怖いですよ。

ワーッと、断末魔のような声まで聞こえます。汚くて。

もう、冗談じゃないと嫌になっちゃう。でも、頑張って悪魔を抑えると、何事もなかったかのように落ち着いてくるんです。

こんな戦いがないと、傑作は出てこないんですよ、面白いことに。

そこを乗り越えたら、皆さんを感動させられる絵ができる。

これは初めて発表しましたけど、本当に悪魔はいっぱい出てきます。

逆に、出てこないと、まだこれは歴史に残る作品じゃないんだな、つまり、私事の絵なんだなと思います。


保江：昔、スイスのジュネーブにいたときにカトリックの司祭様と食事をする機会がありました。スイスの、フランス文化圏でしたから、言葉もフランス語でしたね。

フランス、ベルギー、スイスなど、フランス語圏を統括なさっているという方でした。

その頃、たまたま『エクソシスト』というハリウッド映画がヒットしていまして、ちょうど、鑑賞した直後だったんです。

そんな立派な司祭様との話題もあまり思いつかなかったので、その映画について伺ってみました。

「最近『エクソシスト』っていう映画が流行っていますけれど、ご覧になりましたか？」

「私は観ておりませんが、信者の方々から話は聞いています。

その映画に出てくるエクソシストという神父は、痩せていて、真面目で清貧の生活をなさっているようですね。実際のエクソシストは、そうではありません。

清貧の生活をしているような、線の細い神父は、あっという間に悪魔にやられて本人が悪魔になってしまうからです。

悪魔に対抗できるような神父は、日頃は飲む、打つ、買うの三悪をやり続けるような人物です。その神父が勤めている教会の村からは、あの神父を辞めさせてくれという嘆願が、しょっちゅうバチカンに出されるんです。

実際は、でっぷり太って、葉巻をバカバカ吸って、朝からワインを飲んで、肉しか食わない。夜な夜な、女性がいる所ばかりに出入りする。

これが『エクソシスト』の真実なんです」

松井：遮って申し訳ありませんが、少しいいですか？

私がコルシカ島に引っ越して、最初にこんな出来事があったんです。

絵を描いていたら、絵の中から突然女性が出てきたんですよ。僕もかなり冷静に物事を判断する人間なので、何でこんな女性が出てきたんだろう、ちょっとおかしいなと……。

そうしたら、絵の噂を聞いてきたのがなんとコルシカのエクソシストの神父さんで、絵の女性を見て「これぞマリアだ」と叫び、その後バチカンからも大司教らが駆けつけてくれたようだったんです。ただ、このエクソシストの神父さんはまさに今、保江先生がおっしゃったような方でした。バチカンから駆けつけてくれたようだったんですが。

保江：やっぱり！

松井：そう。先ほどの描写、そのものの人でした。僕もそこで、エクソシストの神父がいるっていうのを知ったんです。

その方が、

「お前はキリスト教か？」と聞くので、

「違います」と正直に答えました。

ただ、昔、子どものときに近所の教会で英語塾が開かれていたのでそこに通っていましたが、当時は教会とも知らなかったくらいでした。そのため、知らないうちに聖書を読まされており、自然とキリスト教の教えが僕の中に入ってきていたのでしょうか。

だから偶然、絵の中にマリアが出てきたのかもわかりません。それで、それを教会に飾って欲しいと依頼されて、アジャクシオの教会に飾ったんですよ。

すると、みんなが十字を切るんですね。ええ？　っていうことになって、キリストの3部作を描きました。そうしたら、もうヨーロッパ中の教会を廻って。その評判がルルドに入って、後に展覧会の話になったんです。そのときのエクソシストの神父様が太っていて、これが神父かって。バチカンだから本当にいるんです、エクソシストが。

保江：まさに本物のエクソシストですね。

もうね、日本でいえばなまぐさ坊主。でもバチカンでは彼しかエクソシストがいないから、いくら悪評紛々でも、彼を好き放題させてしまう。

僕の知っている方は、もう、すごい物理的戦いだと言っていました。

悪魔がついているような家では、家人を全部外に出して、エクソシストが一晩中戦うんです。バタンバタンと大きな音はするし、叫び声も聞こえるし、外で待っている家人や、他の信者さんたちも驚くほどといいます。

朝、光が射してきたときにドアが開いて、エクソシストが出てくると、もうやせ細っているんですって。汗をだらだら流して、何とかなったよって、疲労困憊。

そしてまた、その人は飲む、打つ、買うを半年くらい続けていると元のでっぷりに戻るといいます。

急にエクソシストの話をしたのは、まさに先ほど松井画伯がおっしゃったように、悪魔が出てきたら本物なんですよ。

カトリックでは、悪魔のことを神様の道化師といいます。司祭様が教えてくださったのが、エクソシストもいるということと、「悪魔は怖くありません」ということでした。

つまり、戯曲でも、サーカスでも、道化師役がいると盛り上がるでしょ。ショーでは緩急が大事なので、シリアスに頑張るところと、気を抜いておちゃらけを楽しむところが必要なんです。

悪魔が出てくることで、なおさら、神様のお力はすごい！　となります。

だから、悪魔が出てきたものは本物で、逆に、悪魔が出てこないようなものはたいしたことないのだと。

悪魔も、実は神様の作品なんです。

だから松井画伯の創作のときも、最後の最後で出てくるんですね。

僕も昔から、物理学の理論を考えるということをしてきました。それは要するに、毎日妄想しているようなものなんです。

この世はこうだから、こうなんだ。すると、こうすると、こうなるだろうな、ちょっと計算してみよう、あ、外れてた、なんて思いながらですね。

たいていはダメなんです。ほとんどの場合、外れています。

ところが、ある感覚があって、あ、何かいけそう、このままいけばこれノーベル賞かもしれないなという直感が降りてきたりすると、なぜか悪魔の誘いのようなものにつられて、ちょっと飲みに行こうかななんて思ってしまうんですね。

もうちょっとそこで我慢して、もうちょっとコツコツ計算すればいいのに、これうまくいきそうだな、よし、ノーベル賞だ、前祝いだ！　っていい気になって飲んで、わーってみんなで騒いで帰ったら、あれ？　何だっけ？（笑）

本当に、悪魔は成功の前のもう一歩っていうところで出てきます。どうでもいいときには全く無関心、彼らも忙しいんです。悪魔が道化師役で付き合ってくれるのは、本当に、神様の仕事ができるようなときだけなんです。

終了まであと5分ですか？（終了間近のサインを送ってきた司会者に向かって）では最後にここで、先ほどお話しした、ディープブルーのワインを飲んでくださった般若寺の福嶋ご住職から、ぜひ何かお言葉を賜りたく思います。

福嶋：今日は、素晴らしいお話をありがとうございました。

実は、今の話、エクソシストと悪魔につきまして、実はお寺を復興していく中で、まさに同じような体験があったんです。

ボロボロのお堂を直すことになったのは、世の中的に良くないことが起きたのがきっかけなんですが、そのことで自分のスイッチや、世間のスイッチが入ったと思っています。

以前は悪魔の化身のような存在がいたのですが、それが悪魔を超えて仏となり、今や般若寺は、本当に神々しいんです。

あの世からの霊的な働きかけがこの世で実を結ぶということを自分なりに体験していましたので、お2人のお話を伺って、あれは間違えてなかったんだということを感じさせていただけました。

松井：実を言うと、悪魔の話が出たときに、今日、お寺のお偉い方が来られているって伺っていたでしょ？

なのでお聞きしようと思っていたんですよ。これ、どう思いますかって。それが、もう既にお答えくださっていますね。

ただ、一言付け加えさせてもらっていいですか？　コルシカにバチカンから派遣されてこられたエクソシストに、ご住職は顔も体もそっくりです。本当に双子のように似てます。

エクソシストの神父さんが、本当に全く顔も体も全部似ているんですよ。性格は知らないですから、なまぐさかどうかわからないけど……、そのほうが面白い。

保江：ご住職は、たぶんエクソシストと同じ役割を、真言宗でなさってると思うんですよ。

松井：だって、どう見てもフランス人だよっていうご住職が、お寺の復興をなさるんですから。そう、まさに村人を守ってあげる役目なんです。

もう1つ、いいこと言われたと思うのは、最近おかげ様でブルーの絵がすごく感動しましたと言われることが、多くなったんですね。その絵だけは、絵がわかる人わからない人、さっき言った全ての人、フランス人も日本人も皆さん感動するんですね。

つまり私が言いたかったことは、今までは有名になったとか、自分の絵を見てもわからないというのはわからないほうが悪いとか思っている間は、僕に悪魔がついていたんですね。

だから今では、有名になりたいという時代は終わりました。

とにかく、この人たちのことを豊かにしてあげたいとか、世界の間違った指導者たちを少しでも変えていけたらとか。

そういう、自分のためじゃなくて、そういう人たちのために描いたら、悪魔、つまり汚れたものや恨みも消えていき、自分自身をも浄化していくと思います。

保江： なるほど。まさに、まさにエクソシストなんですね。
お役目、ありがとうございます。

松井： そうそう。今日は、コルシカのエクソシストの神父が、今ここに日本人（福嶋住職）になってやってきてくれたんです。
本日は、どうもありがとうございました。

第3部 「英雄スイッチ」のからくり

◎超リアルなナイトメア――『ファブリオオキシトシトシン』とは?

僕の場合、松井画伯、「あんでるせん」のマスター、他にもアルコール、特にワインで「英雄スイッチ」を入れていた、ということはわかったのですが、やはり僕は理論物理学者なので、「英雄スイッチ」とは単なるスピリチュアルなものなのか、それとも実は、物質的存在として、物理的に存在するのかということが気にはなっていました。

もし、物理学的にこういう仕組みで「英雄スイッチ」が入るということがわかれば、物理学者としてはホッとするわけです。

職業柄といいますか、ちゃんと仕組みを理解、納得したいのですね。

つらつらと考えていた2019年7月3日、水曜日の朝。

僕は宵っ張りで、寝るのがだいたい2時頃、起床が10時半頃というのが日常です。

それが、その朝は6時に目が覚めるという異常事態が起きたのです。

なぜなら、想像もできないような怖い夢を見てしまったからです。普段なら、朝6時にたまたま目が覚めても、二度寝するようなものなのですが、あまりの怖さで心臓も高鳴っていて、とても眠れる状況ではありません。

しかも、その夢を全部はっきりと覚えていたのです。夢とはだいたい、ちょっとおぼろげで起きた直後でもぼんやりとしか覚えていないことがほとんどですよね。けれども、夢の中で誰かから初めて聞いた単語を、起きてからもはっきり覚えていたものですから、すぐにMacを立ち上げて、Googleで検索しました。

その夢ですが、その数日前から気になっていた顎のおできにまつわるものでした。わりと大きなおできで、ひげをそるときに意識していないと、刃が当たってしまってすごく痛いのです。つい、忘れて刃を当ててしまい、「あー、しまった」と思って数日は気をつけても、また忘れて……を繰り返していたので、だんだんと腫れがひどくなっていました。

夢の中でも、そのおできが気になって、ある病院に行きます。

そして病院の風景や他全て、はっきりと見えていたのに、お医者さんの顔だけは見えないのです。白衣を着て、わりとでっぷりとした、典型的なお医者さんではあったんですが、思い出せば出すほど、顔だけが抜けています。まるで、洋服だけ見えている透明人間のように……。

そのお医者さんに、

「ちょっとこれ見てください。数日前からおできができちゃって、かなり困ってるんです」と言うと、

「こんなもの放っときゃいいですよ」と笑って答えられました。

「気になさるんなら薬出さないこともないけど、こんなもの放っといても2週間もすりゃ治りますから」

結局、薬ももらわずに、「ありがとうございました」と、その病院を出ました。

てくてく歩道を歩いていたら、向こうから矢作直樹先生が歩いてきます。

「おお、久しぶり」と声をかけました。

矢作先生は「お元気でしたか」と笑顔です。

「いや、元気じゃないんだよ。実は、今、この先の病院に行ってたんだ。

ちょうどいい。セカンドオピニオンをちょうだいよ。ここのお医者さんは初めて行ったんだけど、このおでき、『2週間もすれば消えるから放っときゃいい』と言われた。お前どう思う?」

と、おできを指さしました。

矢作先生はどれどれと顔を近づけて見ると、「お、お、お」と、こちらもびっくりするほどのオーバーアクションで後ずさりながら、

「え、え、え、こ、こ、こ、これは大変です」とか言うんです。

僕も焦って、

「おい、何が大変なんだ」と聞くと、

「そ、そ、そ、それは『ファブリオオキシトシトシン』です」と答えます。

「え、何？　そんなに怖がって、『ファブリオオキシトシトシン』って何だ。説明してよ」

「要するに、それは寄生虫の卵です」

「『ファブリオオキシトシトシン』っていう寄生虫がここに産み付けた卵ということかい？」

「そうです。その卵が孵（かえ）って幼虫になったら、体中を動き回って肉や血管を食いちぎって、そのときの痛みは悶絶するほどらしいですよ」

「ウェッ！」

もう、恐怖で真っ青です。

「じゃあ、いったいこれどうすりゃいいんだ」

「もう切開して、卵のうちに取り出すしかありません」

「ああ、じゃあお前、今すぐやってくれ。東大医学部の救急の教授だったんだろ」

「いや、もう僕は何年もメスは握ってません」

それも怖い。おできのあたりには頸動脈もあるし、ミスられたら出血多量のほうで死にます。

矢作先生が、提案してくれました。

「マサ先生がいいですよ。彼、まだ現役だし、腕は確かだし、彼に頼んで摘出してもらえばいいんです」

マサ先生は矢作先生の弟子筋のお医者さんで、僕が長男、矢作直樹が次男、マサ先生が三男ということで、「シリウス三兄弟」と呼ばれています（笑）。

以前、福島県の会津あたりでお酒を飲んだときも、「近くにあるピラミッドの探検に行こう」などと、いい調子で盛り上がりました。雨が降って結局、行かなかったのですが、そんな風に気が合う方です。

夢の中で、「あ、そういえばマサ先生が、僕の事務所にポールダンスを見にくることになっていたな」と思い出しました。

僕の事務所には、天井から床まで固定したポールがあります。ある知人女性が、「ポールダンスがしたいけれど、レッスン場に通うのが難しい」と言うので、以前からポールダンスを美しいと思っていた僕が、事務所に設置してあげることにしたのです。

そして、今度3人の若い女性が、そのお礼にポールダンスを披露してくれることになっており、マサ先生にそれを話すと、「俺も見たい」と、即座に乗ってきました。

「あ、今度マサ先生が、事務所にポールダンスショーを見にこられるから、そのときに切ってもらおう。間に合いますかね」

「ああ、卵がこの程度ならまだ間に合いますよ。ところで、事務所でポールダンスショーがあるんですか？」と、目をキラキラさせています。

「なんなら来る？」

「ぜひ。喜んで！　でも、できるだけ早くしてくださいね。成虫になったら、痛みがとんでもないことになりますよ。それに、成虫はもう摘出できませんから」

「やばい。それ、ポールダンスどころじゃないな。もう、すぐにマサ先生に電話してアポとろう」と決意したところで、目が覚めました。

覚醒した後の状態でも、ちゃんと「ファブリオオキシトシトシン」という名前も覚えており、これが正夢だったら本当にやばいと、すぐにMacを立ち上げて、「ファブリオオキシトシトシン」をググッてみました。

すると、カタカナで検索したのにもかかわらず、英語のサイトがずらっとアップされてきました。どれも医学用語的な表現だったので、僕も青ざめました。英語の医学的説明だから、読んでもよくわからないのです。必死に日本語のサイトを探していたら、数ページ目にやっと出てきたので開くと、やはりそれも医学系のページでした。

そこでの記載は、「ファブリオオキシトシン」でした。「オキシトシトシン」ではなかったのです。僕の聞き間違いか、覚え間違いに違いありません。

「ファブリオオキシトシン」て何だろうと思って読んでいきますと、何のことはない、陣痛促進剤の一種でした。

どこにも、寄生虫については書いてなかったのでちょっと一安心です。

でも、何で陣痛促進剤が夢の中に出てきたのかが全く理解できません。

朝の6時半頃でしたが、それだけのドラマでしたから、もう目がさえて眠れないのです。仕方がないので、顔を洗って朝ご飯食べてと、活動を始めました。


その日、午後1時から、編集ライターの小笠原英晃さんという方が、打ち合わせに来ることになっており、その打ち合わせの後、事務所を30分ほど貸して欲しいという頼みを快諾していました。

時間どおりにやってきた彼は、僕に1冊の本を手渡してくれました。

午前中に会ったある著者に、

「これから保江先生のところに行きます」と言ったら、

「へえ、あの面白い人ですよね。じゃあ僕の本にサインするから、ぜひ謹呈してきてください」と託されたそうなのです。

「その著者の高橋徳先生は面白いお医者さんで、愛について研究してるんですよ」

「へえ、愛について語るお医者さんですか。矢作直樹や、ドクタードルフィンみたいなちょっと変わり種のお医者さんも多いんですね」


いただいたその本を、すぐにぱらぱらっと開いて目次を見てみました。

すると、「オキシトシン」というワードが羅列されていたんです。

「えっ?」と思い、

「この『オキシトシン』って、陣痛促進剤のことでしょ」と聞くと、

「よくご存じですね」と言われました。

「いや、今朝、こんな夢見たんだよ」とお話しすると、「予知夢のようですね」と、面白がってもらえました。

高橋先生は、まだ医者として駆け出しの頃、アメリカに渡って「オキシトシン」について研究し続けた方だそうです。

小笠原さんのお話によると、「オキシトシン」というのは脳内ホルモンの一種であり、まだ研究対象になってから日が浅いために完全解明はされていません。

その中でも一番はっきりしているのが、妊婦の脳に「オキシトシン」が分泌されたら陣痛が始まって、出産になるということなのです。

その「オキシトシン」を、化学的に合成して作ったのが「ファブリオオキシトシン」です。つまり、「オキシトシン製剤」ということです。陣痛が弱いときに、もっと強くするために投与する薬、つまり陣痛促進剤として使われています。

「その脳内ホルモンって、陣痛を促進するだけなの？」と聞くと、

「『オキシトシン』を研究してるのは、高橋先生ぐらいなんです」という答えでした。

今まで研究対象になりにくかった脳内ホルモンなのですが、その『人は愛することで健康になれる（愛のホルモン・オキシトシン）』（知道出版）という本の巻末のほうの結論には、愛のホルモン、愛の物質だと書いてあるんですよ。

内容をかいつまんで話していただいたのですが、要するに、その先生の最新の研究までを総合すると、母親が子どもを身ごもって、体内で10ヶ月間育んでいるうちに、例えば母親が優しい気持ちになったり、充実した気分になったりするようなときに、「オキシトシン」が出るそうです。

「オキシトシン」は血液中に放出されるので、血液を通じて胎児にまで届きます。そしていよいよ出産間近になったとき、「オキシトシン」が大量に出るのです。これは僕の想像ですが、「私の赤ちゃん、早く会いたい、愛している、これから一緒に歩んでいこうね」という強い気持ちが「オキシトシン」という物質に転換されて、陣痛を促進するのではないかと思います。

「オキシトシン」は、お母さんの愛情のメッセンジャーといえるでしょう。

高橋先生の研究によると、無痛分娩、帝王切開という出産形態をとった人では、「オキシトシン」が出ません。

分娩は痛みを伴うものですから、無痛分娩は「オキシトシン」を出さないようにするものですし、帝王切開でお腹を切って取り出すのも、やはり「オキシトシン」を出さずにすんでしまいます。

つまり、子どもに愛情ホルモンが届かないということになるのですね。産みの苦しみなどといいますが、出産前に母子で一緒に痛みに堪えて、お互いに「早く会いたいね」と愛情交換する、ということが大切なのかもしれません。簡単にするっと生まれては、２人の初めての共同作業ができないことになってしまいますからね。

小笠原さんも、「あまり大きい声で言えないんですよ、これは」とおっしゃっていましたが、「オキシトシン」不足で生まれた子どもは、引きこもったり、鬱傾向が強くなったりすることが比較的に多いそうです。動物や弱いものをいじめたり、殺したりするような、非人道的な行動をする人は、だいたい出産時の「オキシトシン」が足りないといいます。

以前、自然分娩しかなかった頃は、そうした事件もずっと少なかったようです。現代は「オキシトシン」不足で生まれてくる子どもが増えてきたのに比例して、そうした事象も増えているといえそうです。

母親であっても、自分の子どもを傷つけたり、ネグレクトや見殺しにするなど、そんなことができるのは、自分が生まれてくるときの「オキシトシン」が足りなかったのです。「オキシトシン」をもらうという経験を踏まないと、自分でも出しづらいということもあるかもしれません。

「オキシトシン」が大量に出る自然分娩をしていれば、子どもと母親の間には愛の交流が充分に行われます。

僕は、愛というのを、素領域理論で説明しています。この宇宙空間の最小構成要素である素領域と素領域の間にある完全調和の部分が愛なんだという、物理学的な捉え方です。高橋先生は、愛のホルモン「オキシトシン」という物質があると捉えられていらっしゃいます。

「オキシトシン」が欠乏した状況で生まれた子どもと親の間には、愛が生まれにくいのです。では、どうしたら愛を生じさせられるのかということですが、後から「ファブリオオキシトシン」という製剤を飲ませたらいいのかというと、もう手遅れなのです。生まれる直前から使用しないと、作用しないそうです。

このことについては、アメリカのほうが研究が進んでいて、精神科のお医者さんたちが既に実践していることがあります。アメリカのほうが日本より帝王切開や無痛分娩が多い。おそらくそれに関連して、犯罪率もアメリカのほうが高いのですね。母子ともに痛みに堪えて、頑張ったという経験は、忍耐力もそこで培うことができます。尋常でなく短気だったり、いわゆるキレやすい人は、やはりその経験を踏んでないことが多いのでしょう。

「オキシトシン」不足で生まれた子どもは、特に大人になってからは様々なトラブルを抱えます。アメリカで既に実践されている治療法は、もう1回出産を体験させるというものだそうです。

トラブルを抱えている40代くらいのおじさんに、赤ん坊のカバーオール（つなぎ服）を着せて、とんがり帽子をかぶせます。おしゃぶりもくわえさせて、さながら赤ちゃんプレイですね。

そのいでたちのおじさんを、マットや布団できつく巻き上げます。

そして、何人もの医者と看護師で上からぐっと押さえつけて、マットから這い出させるわけです。産道の中を苦しみながら進むというのを疑似体験させるのですね。

「きつい、苦しい、やめてくれ」などと叫ぶのを、

「早く進め、明かりに向かって早く出るんだ」と激励する。

必死で進んでいって、やっと出たら、みんなで拍手、おめでとう、という出産体験です。

その間に脳から「オキシトシン」が出るというのです。そういう荒っぽい方法ででも「オキシトシン」が出たら、それまでの愛情不足というトラウマが元になっていた精神疾患などが、急激に治るそうです。

この話を、少し前の講演会でちらっと話したら、後から参加者の女性が、「今の療法、日本でも既に実践なさってる先生がいらっしゃいますよ」と教えてくれました。日本もそこまできたか、と少し驚きました。

思い当たるのは、昔、ヨルダン川で預言者ヨハネが若きキリストに洗礼を授けたという話です。バプテスマですね。ヨルダン川の水中に頭をずーっと押さえつけて浸らせ、もう死ぬという直前にぽんっと離すんです。ぶはーっと呼吸をして、それで、魂がよみがえる、つまり、再び生まれる状況を再現しています。

ヨルダン川で預言者ヨハネが洗礼を与えたというのは、死ぬぎりぎりまで危険に身を置かせると、すなわち「オキシトシン」を出させると、母親と子どもの間にあるような愛情が、洗礼を受けるものに芽生える、ということがわかっていたからではないでしょうか。

その説明を聞いて、昔から英雄と称される人は皆、愛も深かったといわれていることを思い起こしました。愛がないと、英雄とは呼ばれなかったのです。

例えばナポレオン。フランスに語り継がれるヒーローでした。

愛のない英雄といえば、毛沢東でしょうか。ただ、毛沢東も女性に対してのみ、すごく愛はあったようです。

とにかく、英雄の条件の1つが愛なのですね。愛がなければ、単なる略奪を楽しむ独裁者、民衆の敵です。でも、愛がある独裁者は英雄なわけです。

「オキシトシン」の話を聞いて、英雄は愛情深い、つまり「オキシトシン」がたくさん脳内に出る人、出やすい人ということかなと思いました。

すると、「英雄スイッチ」を入れるというのは、脳内ホルモンの「オキシトシン」をたくさん分泌させるということかもしれない、と気づくことができたのです。

「どうやったら『オキシトシン』が分泌されるのですか」と小笠原さんに聞いてみたら、それも高橋先生が研究なさっていて、モーツァルトなどのクラシック音楽、それに絵画などの美術鑑賞、映画、小説、そういった脳に刺激を与えるものが、分泌を促すとのことなのです。

まさに、僕が第1部で述べたことと重なります。すごく納得がいきました。

「僕が『英雄スイッチ』と呼んでいたのは、脳内ホルモンである『オキシトシン』を分泌させる引き金のことなんだ」

そのときに、あの悪夢について思い当たりました、ああ、最初に僕が訪ねていった病院の先生の顔が透明だったのは、思い出そうにもまだ知らない高橋先生だったからだと。数時間後という未来に本をくれることになっていた人だから、顔はどうしても引っ張り出せなかったのです。だから、やはり、予知夢だったんだろうなと思います。

◎麻布の茶坊主さんからもたらされたアインシュタインと湯川秀樹博士からの伝言

その日は、打ち合わせのほとんどの時間がその話でもちきりになったのですが、時計を見たら、もう小笠原さんが事務所を借りたいという時間になっていたので、

「じゃあ、そろそろ僕は、ここを出ますね」と告げると、

「いや、ぜひこのままいらしてください。この後ここに来られる方は、保江先生もご存じの方ですから」とおっしゃいます。

「え、誰が来るの?」

「麻布の茶坊主さんです」

なぜ茶坊主さんを呼んだのかというと、僕がいつも本や講演会などで「すごい預言者だ」と公言しているので、一度お会いして、それを確認したかったということでした。

茶坊主さんも、

「保江先生に会えるのなら行きます」ということで承諾したとのことでした。

ちなみに、麻布の茶坊主さんは、「福茶カウンセリング」という名称でスピリチュアルなカウンセリングをなさっている男性で、ネットの口コミでも話題になっています。

実は、茶坊主さんのところに、その2週間前からアインシュタイン博士と湯川秀樹博士が交互に出てきて、僕に伝言しろと、毎日依頼してくるというのです。

でも、物理の専門用語が出てくると自分はわからないし、忘れてしまうので無理だよと断っていたら、そのベストタイミングで小笠原さんから、僕の事務所で会えないかという連絡がきたのだそうです。

それで来てくれた茶坊主さんが、すぐにアインシュタインと湯川先生の霊を交互に降ろしました。

僕も驚いているうちに、最初に湯川先生が出てこられて、湯川先生がノーベル賞を取ってしばらくしてから、招かれてアメリカのプリンストン高等研究所に行ったときに、初めてアインシュタインに会って、本当に立派な方でという話から始まりました。

お話ししている茶坊主さんが涙ぐんでいましたが、

「泣いてるのは私じゃないですよ。湯川先生です」と教えてくれました。

アインシュタインがいかに立派な人物なのかということを説明した上で、

「では、まずはアインシュタインから君に対して告げたいことがあるので、先にどうぞ」と湯川先生が言われました。

出てきたアインシュタインはまず、

「今の物理学者の研究の方向は完全に間違っている。そんな研究ばっかりしていたら、物理学は究極の破壊兵器を開発することにしかならない」と言いました。そして続けます。

「本来は、物理学の究極の目的は平和なんだ。平和を目的にする唯一の学問なんだよ。

特に、人類を『果てしなき愛』の存在に気づかせるのが物理学の目標だ。そのことを今、物理学者で唯一、理解していて、正しい方向に向かっているのが君だ」

「はい、それはありがとうございます」

「ついては、4ページものでいいから、英語で論文を書いてくれ。物理学の目標は『果てしなき愛』の発見なんだ、という内容の。では、湯川に代わる」

そして湯川先生が、またお話しされました。

「今、アインシュタインが言ったように、そういうことだ。君の研究についてては以前から目をかけてはいたけれど、ひいきのようになると先輩どもが潰しにかかるから、あえてはっきりとは言わなかった。本当は、お前の考えが最も正しい。向こうに行ってから、なおさらそれがよくわかる」

つまり、素領域理論のことです。

「アインシュタイン博士のおっしゃるように、このまま頑張れよ」

なるほど、「オキシトシン」の次は、やっぱりあの世の存在が愛で、「果てしなき愛」を素領域理論で研究していくのが物理学の究極の目標だということを、あらためて知らしめようとしてくれているのか、と納得しました。

脳内ホルモンの「オキシトシン」が分泌されるという話の前に、英雄という概念、愛という概念自体は素領域理論によれば、この世の外側の素領域と素領域の間にあまねく存在していて、その影響で「オキシトシン」という物質、素粒子の構造体がこの世の中の脳の中に出現することになると思えました。

やはり、スイッチを入れる側は、あの世に通じている「果てしなき愛」であり、その愛が脳の状態を変えることにより、脳の中に「オキシトシン」という物質が生まれる、ただそれは二義的なもので、「オキシトシン」が出るから愛があるわけじゃない、まずあの世のレベルで既に、愛があるから「オキシトシン」が出る、愛がなければ「オキシトシン」も出ないということです。

「英雄スイッチ」を入れるか入れないかは、やはり愛、しかも「果てしなき愛」なのです。

アインシュタインいわく、その「果てしなき愛」の意味は、男女の愛とか、隣人愛とかその程度の薄っぺらい、人間的なものではありません。

「果てしなき愛」というのは、素領域を含むこの宇宙の完全調和、神様みたいなもの、神様イコール「果てしなき愛」だとのことでした。

僕も、なるほどと腑に落ちるとともに、素領域理論によって愛というものを捉えるようにしてきた僕の研究も、そう間違ってもいなかったんだなと嬉しくなりました。

それを脳の中の物質面から見ると、「オキシトシン」という脳内ホルモン物質とつながる。それは出産のときに母親の体内に陣痛を起こすために分泌されるということ、それが、出産の本当に苦しい状態で、何時間もかけて狭い産道を抜けてくる赤ん坊の脳にも体にも入ってくる。すると、赤ん坊の脳もそれを出しやすくなっていくという理解が深まったのです。

そのときふと、そういえば昔、こんな話があったなと思い出したことがありました。

30年くらい前の話ですが、岡山の女子大で教えてまだ5、6年の頃のことです。

理科系の科目はだいたい、僕が受け持っていて、物理と数学と、あと時々、担当の教授がお留守のときは生物学も教えていました。

あるときの授業で、1人の学生が手を挙げて、

「昨日、不思議なことがあったんですけど、科学的にはどんな説明がつくんでしょうか？」と質問してきました。

続けて話すように促すと、次のようなことでした。

「女子大生同士で、夜、町中で飲んでいたんです。お開きになって、帰りの電車に乗ろうと、2、3人で岡山駅に向かって歩いていたんですね。そうしたら、酔っぱらったおじさんが声をかけてきたんですが、面倒だし、無視して歩き続けていました。

すると、『何気取ってんだ』とか言って、からんできたんです。やばいと思って早足で走り始めたら、『待てー』とか叫んで、あっちも走って追いかけてきました。

岡山駅まで2キロくらい、広い1本道でした。そのあたりにいた人に助けを求めてもよかったんでしょうけど、とにかく逃げなきゃと一心になってしまって、ダーッと走ったんです。

けっこう飲んだ後でしたから、最初は苦しかったんですね。でも、『待て』という声がどんどん近づいてきてたんです。

捕まりたくない、と走り続けていたあるとき、ふっと全く苦しくなくなり、周囲の音もほとんど聞こえなくなりました。

なんだか雲の上を走っているように足が非常に軽くなって、しかも景色がびゅんびゅん後ろに飛んでいきます。もう体が軽くて、浮いているように走れて、笑顔も出てきました。恐怖感もいつのまにかなくなっていました。

どんどん走ってから、ふとわれに返って後ろを見たら、かなり遠くでそのおじさんがへたり込んで、ぜーぜーしながら、『くそ。なんて速いやっちゃ』とか言ってたんです。

もう、そのふわふわ状態で岡山駅のホームまで行って、電車に乗って帰ったんですが、翌日、気になったので大学のグラウンドを走ってみたんですね。

そしたら、やっぱりすぐ苦しくなって、前夜のような状態にはなりませんでした。

そもそも私、スポーツが得意なわけでもないですから、それが当然なんですね。

いったい、あのときは何が起こっていたのでしょうか？」


「いや、俺にもわからないから、来週までに調べてくる」と言って、1週間かけて知り合いの医者とかスポーツ科学を専門にしている知人などに聞きまくりました。

すると、わかったのです。いわゆる「火事場のバカ力」ですね。生命の危機が訪れるような厳しい状況に陥ると、人間の脳はいくつかのホルモンを分泌するそうです。

そのうち、その学生の現象に一番合うのは、「カテコールアミン」という名前の脳内ホルモンでした。

これも「オキシトシン」と同じで、母親が正常分娩でうーっとすごい圧力をかけたときに、体内の赤ん坊はもう苦しいから、血圧も上がって生死の境にいるような状況になるそうです。

母親の血液だけでは酸素が足りなくなり、酸欠状態です。酸素が足りない状態が長く続くと脳がおかしくなるので、それは絶対に避けなくてはいけない。けれども出産が長引いて、3時間も4時間もかかったら、赤ん坊は本当に酸欠になりそうになる、そのときに、酸素の代わりをする物質を脳が勝手に出すのです。それが、「カテコールアミン」なのです。

一度、脳が「カテコールアミン」を分泌するという経験をすると、次に、酸素が欠乏するような危険な状況になっても、再度、「カテコールアミン」が血液中に分泌されやすくなることもわかりました。

そして、「カテコールアミン」はアデノシン三リン酸（ATP）とかいろんなものを燃焼させてエネルギーを出す効率が、酸素よりも良いので、ほとんど呼吸しなくても動けるのです。

質問をした女子大生は、まさにそうした状態だったわけです。パニックで、呼吸も浅くなって走るから、本当は酸素不足ですぐにへたり込んで倒れるはずなのに、あまりに身の危険を感じたために「カテコールアミン」が出て、ＡＴＰの効率的な燃焼によってエネルギーが発生して、筋肉を動かし続けてくれた。

だから、いつもよりも軽やかに、雲の上を飛ぶかのように走れた、ということがわかったのです。スポーツ選手でも、ゾーンに入るとかいいますが、ランナーズハイなどは、実はこの「カテコールアミン」によるものなのです。

「英雄スイッチ」が入るのは、愛を溢れさせる「オキシトシン」だけではなかったわけですね。

英雄はやはり、超人的、スーパーマンのようでなくてはならない。そうすると、通常以上に力が発揮できるようになる「カテコールアミン」も必要だったのです。

生命の危機的状況になったら、脳がその危険を察知して、それら2種類の脳内ホルモンを出してくれるのです。

脳内ホルモンを出すということが「英雄スイッチ」が入るということ、そこまで突き止められました。

あの怖い夢の中での矢作直樹先生の話で「ファブリオオキシトシトシン」という言葉がもたらされ、完全に生命の危険を感じていたら、「オキシトシン」に関する本が飛び込んできました。

通常でしたら、本をいただいても、そんなに関心を引かれることは少ないのに、ほぼずばりの単語が出てくる本だったので、興味津々で内容を伺うことができたわけです。寄生虫が体の中を蝕んでいくなどという、背筋が凍る恐怖が冷めやらないうちに。

事実、そんな病気もあるらしいのです。昔から、わけもわからず突然に泣いたり怒ったりする子どもに対して「疳（かん）の虫が騒いだ」などといいますが、実はそのような子どもの肝臓には寄生虫が見つかるとも聞きます。

さらに、アニマルプラネットには、『私を蝕む寄生虫』という検証番組もあるそうです。怖すぎて、観ていないのですが……。

そして、気になるおできの顛末です。実際に開催したポールダンスショーにマサ先生がもうニコニコ顔でカメラ持参でやってきましたので、夢の話もするとおできを見てくださり、

「それ、あれですよ。○○○」と、また意味不明な医学用語を出すのです。

「え？　やっぱりこれ、寄生虫の卵なの⁈」

「はは、ちゃうちゃう。筋が寄ったものですよ。気になるなら取りますよ」

そこでやっと安心して、とりあえず様子を見ようということにしたのですが、その後だんだんと小さくなって、かみそりを当てても痛くも何ともなくなりました。

その会話の後のマサ先生の意識は、完全にポールダンスに向いてしまいました。

ポールダンスのショーは1時間くらいで、本当に素晴らしく、事務所の中にポールを設置した投資は本当に安かった、費用対効果抜群だなと大喜びでした。

このショーでも、私たち観客の「英雄スイッチ」はおおいに入ったと思います。

◎水商売とは脳内ホルモン商売である

こうしたショーもそうですが、世にキャバクラとか、高級クラブなどのお店がありますね。

きれいな衣装を着た女性をはべらせて、アルコールを飲んで、好きなだけたばこをふかして高笑い、などなど、英雄がリラックスしているときのイメージにぴったりです。

その状況も、男の「英雄スイッチ」を入れてくれます。脳内ホルモンの「オキシトシン」も出ているに違いありません。

だから、キャバクラなどは水商売じゃなくて脳内ホルモン商売なんですね。

僕は自発的には行きませんが、各地で、社長さんたちに連れて行っていただいた経験はあります。

外国でもあり、スイスのジュネーブなどでも行きました。印象は、日本よりもショーが多く、そのショーに出た女性が同席して、一緒にお酒を飲んでくれたりします。

日本でも東京、京都、大阪、名古屋、福岡、いろんな街に行きましたが、中でもやっぱり、一部上場企業の会長さんとか社長さんに連れて行っていただいた銀座のクラブは、別格でした。

何が違うのかといえば、値段が違うというのはもちろんあります。でも、金額が高いわりには、お酒やおつまみとか、システムはだいたい同じなんです。

まあ、最初から銀座のクラブっていうだけでハイテンションになり、「英雄スイッチ」も半分くらい入るのですが、それにプラスアルファになっているのは何なのか？

物理学者の根性で、そういうときにもつい分析するという性(さが)があるんですね。

銀座でも、女性の数はそう変わらない。まあ、比較的若くて容姿の良い女性が多いというのはありますが、それだけではないはずです。

そして、わかったのは、男性スタッフの数が圧倒的に多いということです。いわゆる黒服の人たちですね。

どのテーブルに座っても、黒服の誰かしらが目を配っていて、必要そうなものをサッと持ってきてくれたり、とにかくたくさんいるので、かしずかれてる感が半端ないのです。

だから、お客の脳内イリュージョンでは、美しい女性たちと、家来たちをはべらせているお殿様、王様になっているのですね。

トイレに立っても、トイレのドアをサッと開けてくれ、出てきたらドアの前ですぐにおしぼりを渡してくれる。隣のお客と女性の取り合いなどでにらみ合いになりそうになったら、すぐに黒服たちが2、3人で壁を作るかのように、見事なタイミングで何かを運んできたりするのです。

気配りが徹底していて、おもてなし感が半端ないわけです。つまり、金額が高い分は、そちらにかかっているのでしょう。調和度が高く、より安心して楽しめるのですね。

それが、銀座を銀座たらしめているまず1つ目の理由です。

次が、女性たちの接客です。お客に対する持ち上げ方や、癒やしの作法をきちんと身につけています。

一番感動したのは、僕が、つい物理ベースで理屈っぽいことを言うと、普通は、「わー、すごい」とか適当なことを言って持ち上げてくるんですね。でも、銀座のクラブの女性は、ドレスの胸の谷間から、小さな単語帳のようなものと、ミニチュアみたいなペンを出して書き留めていたんです。

「え、何してるの?」と聞いたら、

「これまで知らなかった素晴らしいお話を伺ったので、忘れないようにメモしておくんです」と教えてくれました。

普通にバッグからメモ帳を出して記入するのならそこまでの感動はないのですが、胸から出てくる演出なので、特別感がすごいんですね。

だから、ついまた引き出そうと思って、何を言えばメモしてくれるのかをけっこう考えつつ話しました（笑）。

後で、店の支配人が教えてくれました。

「あの子がああやってメモするのは、よっぽどのことなんです。彼女はとても頭が良くて、たいがいのことは知ってるからメモを取るのは珍しい。本当に、自分磨きのためにしているようです」

さすが銀座。言葉遣いもすごく丁寧で、とてもいい気分にさせてもらえます。

他の機会でも、

「この子、今日が仕事始めです」と紹介されて席に座った女性がいたんですが、彼女はその店をごひいきにしている製造業大手の会社の社長さんが、出張で青森の弘前に行ったときに見つけた学生さんだったのです。

理科系の大学生で、「将来卒業したらうちの会社に就職しなさい」という、青田買いのようなものでしょうか。

特に、僕のような理科系の人間が来店したときには話が合うので、すぐに同席させてもらえると聞きました。

僕の理屈っぽいような話でも、本当に理解した上での相槌を打ってくれますから、お世辞もなんだか本気で言われているような気になり、もう「英雄スイッチ」入りまくりです。

この「英雄スイッチ」を1つのフィルターにして世の中を見てみると、水商売など、男性を英雄にする環境を提供するサービス業というのは、古今東西あったんじゃないかと思います。

日本でもヨーロッパなどでもあった、遊郭もそうです。

新約聖書にも、若い頃のキリストが遊郭の行列に並んで、そこに集まってくる若者らにいろいろと教えを説いていたとあります。キリスト自身は実際は遊郭に入ることはなく、自分の番がきたらまた後ろに並び直していたそうですが。

マグダラのマリアは娼婦という異説がありますし、もしかしたらそうしたところで出逢ったのかもしれません。

余談ですが、日本では以前、そうした場所を赤線と呼んでいました。その赤線という言葉の由来は、飾り窓で有名なオランダからきているのですね。

そこで働く女性たちは全員、国家公務員なのです。健康管理もきちんとされているし、年齢がいって仕事ができなくなっても国の保障があるという、あんなすごい国はないですね。

オランダの飾り窓の地区に行くと、道路に赤い線が引いてあるんです。これから先はそうした地区だよということを知らせる標識のようなものです。

暴力団などが闇でそうした仕事を仕切ったり、健康管理にルーズだったりするよりは、よっぽど健全ともいえますね。

話にだいぶギャップがありますが、「英雄スイッチ」を入れる産業としては、アニメーションもありますね。

京都アニメーションの事件のニュースにありましたが、お花をたむけにきた人たちの多くが、京都アニメーションの作品で救われたとか、勇気が出た、元気をもらったと語っていました。

漫画も、特に日本の漫画はそういう風にできています。手塚治虫の作品や、国民的漫画はほとんどそういえるかもしれません。


それから、今の若い人は前ほどは興味を持っていないようですが、僕らの世代は、車に惹かれている人が多かったですね。

特に、高級スポーツカーに乗れば、それだけで気分はもう英雄です。キーを回して、エンジンを回転させたときの、あの音を聞いただけで、もう英雄。

自分の車（軽自動車でも）のエンジンの回転数にシンクロさせて、名車のエンジン音をスピーカーから出す、というマシーン（おもちゃ？）も数年前から発売されているそうです。疑似エンジン音も、高くなったり低くなったり、うまく設定が合えば、なかなかのリアル感だとか。

それだけ、エンジン音だけでも英雄感を出したい人が多いということでしょう。

腕時計に、「英雄スイッチ」を入れられることもあります。パテック・フィリップなどの高い機械式腕時計などをはめていると、英雄気分なわけです。

それから、ホリエモンさんが、ロケット打ち上げに着手していて、失敗も成功もありますが、それも彼にとってはおそらく、「英雄スイッチ」を入れる方法なのですね。なまじのことではもう、なかなか英雄になれないでしょうから、一般の方のハイグレードカーの延長といえるかもしれません。


日本で子どもの成長を見ていますと、ウルトラマン、ドラえもん、セーラームーン、ガンダムシリーズ、ゴレンジャーシリーズなどなどの番組を観て育っているということがわかります。

その主人公たちはみんな、英雄です。そんな番組を観てすっかり「英雄スイッチ」が入り、それに関連するグッズもたくさん売っていますし、「○○ごっこ」などで、本人的にはすっかりその英雄の気になって遊ぶのです。

考えてみたら、日本は特に「英雄スイッチ」を入れるための環境が、子どもの頃から完備されているわけですね。

◎「英雄スイッチ」が入ったオリンピックメダリストの武勇伝

また、子どもの頃から武術を学ぶ人も多いですが、僕が長年やってきた合気道も、他の武道も、まさに「英雄スイッチ」が入っていないとできません。

武術だけでなく、スポーツでもそうです。

例えば、僕の家は岡山にありますが、隣の町内に、体操選手の森末慎二さんがいらしたのです。ご本人にはお会いしたことはありませんが、お父さんとは何度かお話をしています。

当然のことながら、お父さんは息子のことが大自慢で、長々と、その話ばかりしてくれます。

その中には、いろいろな面白い裏話などもあります。

慎二さんは、岡山市内の関西（かんぜい）高校で、体操クラブに在籍して、勉強は1度もしたことがないそうです。体操も、一応クラブには属してはいても、ほとんど練習をしていなかった。では何をしていたかというと、やんちゃに遊んでいただけと聞きました。

でも、体操でそこそこの成績を残したから全日本の強化選手になって、１９８４年のロサンゼルスオリンピックに出られたのです。

当時の慎二さんは、オリンピック前の強化合宿でも門限破りは日常茶飯事、遊び歩いて練習もほとんどさぼっていました。

1人だけでさぼっていればまだ問題がなかったんですが、仲間を連れて夜の街へ飲みに繰り出し……という、問題児だったのです。

監督やコーチは、ロスに連れて行くかどうか迷ったそうですが、体操は、怪我をすることも多く、メンバーに欠員が出ることも考えられたので、補充部員としても入れておこうということになりました。

1984年のロサンゼルスから、オリンピックはとても派手な演出になりました。パフォーマンスがあったり、会場の音楽もとにかく華やか。それまでのいわゆる体育大会的なものからショーのイメージに変わっていったのです。

すると、日本の選手は、軒並みプレッシャーに耐えかねて、潰れていってしまったのです。

真面目に練習をして、監督、コーチも目をかけてきた、絶対にメダルを取れると思われた選手がほぼ全員、緊張しすぎて結果が出せない。ところが、慎二さんだけは、会場の雰囲気に飲まれることなく、むしろ普段以上の力を発揮して、10点満点の金メダルを取ったのです。

彼は、練習しないほうがうまくできる、練習したらもうそれで自分の中じゃ終わってしまう、という考えがあったそうで、本番が練習みたいなものだったといいます。そのほうが、集中力が上がって、全力を出せたのです。

1回10点満点を出したら、普通ならよりプレッシャーが加わり、萎縮するようなものですが、それを糧に、ますますエネルギーが上がっていきました。「英雄スイッチ」がどんどん連鎖的に入って、ことごとく完璧な演技を続けられたのです。

また、今度は野球の話になりますが、巨人に在籍していた槇原寛己さんも、日本プロ野球における平成唯一の完全試合を達成した日の前夜、朝までべろんべろんに飲んでいたと聞きました。コーチには、これはダメだろうと指摘されていたのが、完全試合を成し遂げてしまった。

コンディションを整えすぎると、逆に調子が出ないような人もいるようです。

そうして発揮した力で結果を出すと、野球選手を目指している子どもたちの「英雄スイッチ」がまた入るんですね。

◎空海からもたらされた施術、業捨(ごうしゃ)とは

「英雄スイッチ」というものの存在に気づいた僕が、ひょっとしてこれも「英雄スイッチ」の一種なのかもしれないと思っているものに「帳消しスイッチ」があります。

その「帳消しスイッチ」についてお伝えするために、まずは、業捨についてお話ししなくてはなりません。


今から10年ほど前、僕の癌の手術から2、3年経った頃のことです。

朝日新聞の第一面の下のほうに、『人は死なない』(バジリコ)という本の広告が掲載されているのが目につきました。

全国紙の中でも、特に朝日新聞は、一面下の書籍の広告については、厳しい審査をして

いると聞いていたので、『人は死なない』なんていうタイトルの本が載っていたのにはかなり驚きました。

「天下の朝日新聞がこんなとんでもないタイトルの本を広告するなんて、そんなにまで困っているのか……」と思いつつよく見てみると、著者は、「東京大学医学部救急科学教授　矢作直樹」となっていました。

なるほど、東大医学部の教授なら、こんなぶっ飛んだタイトルでも、朝日新聞に広告を出してもらえるのかと納得しつつ、矢作直樹という字面が、なんとなく懐かしく思えたのです。

全く知らない人物なのに、なぜだか、「竹馬の友がもう東大の教授になっている。頑張っているんだな」と思えて、「俺も、お前ほどじゃないけれど何とか頑張って生きているよ」と知らせたくなりました。

そこで当時、出版されたばかりの僕の本を封筒に入れ、東大医学部の住所と「矢作直樹先生」とだけ書いて、手紙も同封せずに送りました。

すると翌週、僕が勤めていた大学に、東大の青色の封筒が届いたのです。ハッとしつつ見てみると、差出人は「医学部　矢作直樹」とありました。

学者同士で本や論文を送り合うと、秘書さんから、「受け取りました。ありがとうございました」と簡単なお礼の手紙が出されることがよくあります。きっとそうしたものだろうと思って研究室に持ち帰り、椅子に座って封筒を開けました。

中に入っていたのはＡ４サイズの紙、一枚でした。

「やはり秘書さんが書いた、型通りの礼状だろう」と思ったのですが、開いて文面を見る前に、なぜか涙がどっと溢れ出たのです。自分でも驚くことに、ワーッと声を上げて、嗚咽していました。

一方では冷静に、「今、同僚か学生が入ってきたらみっともないな」と思っていました。

幸いなことに誰も訪れる人はおらず、それから30分も涙が止まりませんでした。やっと落ち着いてから鏡を覗くと、目が真っ赤に腫れています。

「このまま誰かに見られたら本当にやばい」と思い、すぐに目を洗って気持ちを整え、その用紙を開きました。

すると、それはなんと、矢作先生ご本人が書かれたものだったのです。僕の本を読んで、「○○ページのこういうところに感動しました」など、感想までくださっていました。

忙しいはずの東大医学部の教授が、こんなにきちんと僕の本を読んでくれたんだと感無量でした。

僕はといえば、手紙もつけずに不躾（ぶしつけ）に送りつけただけです。

「これはあらためてお手紙を差し上げなくては」と思い、夜、家に帰ってからパソコンでお手紙を打とうとしました。そうするとまた、涙がどっと溢れてくるのです。

「朝日新聞の広告を見たら、竹馬の友が頑張っていると思えて、本だけを送りつけてしまいました。申し訳ございません。丁寧なお手紙をいただき、ありがとうございます。開封して内容を読む前に、なんと30分間も涙が流れ続けました」などと書いて送りました。

翌週、授業が終わって研究室に戻ると、扉にメモが貼られていました。

「先ほど、東大医学部ヤハギ様よりお電話がありました」

そこに、携帯番号も添えてあったのです。

最初はそれが、誰のことだかわかりませんでした。

僕はそのときまで、先生の名字の漢字「矢作」を「やさく」と読んでいたのです。

しばしの黙考の後、ひょっとして矢作は「やはぎ」と読むのかなと思いいたり、すぐに電話をかけました。

それが、僕と矢作先生が直接お話しした、初めての機会です。電話に出た矢作先生は、

「ご本にお書きになっていた、マリア様のご加護で癌が治ったというのは充分理解できます。ただ、もうそれから6年経っていますね。

そろそろ一度、専門の先生に診ていただいたほうがいいと思います。

私が存じている素晴らしい先生が広島にいらっしゃいますので、紹介したいと思いますが、ご都合はいつがよろしいですか?」とおっしゃいました。

東大医学部救急科学の矢作直樹教授が、癌専門の先生を紹介してくださるという。

しかも、その先生が、僕の住む岡山からほど近い、広島にいるとおっしゃる。

僕はもう舞い上がって、

「ありがとうございます、お言葉に甘えて……」と手帳でスケジュールを確認し、都合の良い日を伝えました。

「どちらに伺えばよろしいでしょうか？」

「私も参りますから、岡山で合流していきましょう」

付き添ってくださるなんて、本当に優しい先生だなと思いました。


当日、岡山駅まで行き、矢作先生が乗られる予定の新幹線を待とうとしたら、先生から携帯に電話がかかってきました。

「前の新幹線が事故で1時間以上遅れています。広島の先生をお待たせしても申し訳ないので、先にお1人で行っていただけますか」

その電話で行き方も教えてくださったので、1人でも迷うことはなさそうです。

「では僕1人で先に向かいますが、その方は何科の先生なんでしょうか？」

「いえ、その先生は医者ではないんです。でも、私が最も信頼しているお方です」

「じゃあ、教えてくださった場所は病院ではないんですね」

「ええ、普通のマンションです。シャツの上から親指の腹で擦るだけですから。それでどんな難病も治りますので」

到着すると、矢作先生のことを尋ねられたので、遅延トラブルで到着も遅れる旨をお伝えしました。

「じゃあ、先にやっておこう」とおっしゃる広島の先生の第一印象は、失礼ながら見るからに「ヤクザの組長」。大丈夫かな……と不安に思いながら立っていると、

「そこでパンツ一丁になれ」と言われるのです。まあ、病院に行っても、パンツ一丁くらいにはなるからと思い、僕は、素直にパン一になりました。

「その診察台に、仰向けに横になって」

指示のとおり横になっていると、僕の足元で先生がもぞもぞと何かをしています。

首をもたげて確認してみると、僕の足の指先に、何かをかぶせようとしているのです。

それがいったいなんだったかというと、なんと、女性が履くストッキングだったのです。

驚愕のあまり、

「先生、止めてください。何をなさるんですか！」

再度失礼ながら、そんな趣味が……と思ってしまったのです。

「ストッキングを履かせているんだよ」

「自分で履けますから」

「ダメダメ！　男は履いたことないからすぐ伝染させる。昔、自分でやらせたら、全部伝染させられたから、俺がやることにしているんだ」

先生は、器用な手つきでストッキングをくるくると丸めていました。

「男性はストッキングなんてたいがい初めてだから、ズボンみたいに履いてしまう。それで破けてしまうんだ」

下半身はパンツの上に履かせてもらったストッキング、上半身は貸していただいたTシャツというういでたちになり、準備が整いました。


「じゃあやるよ」

「お願いします」

先生が僕の体に、シャツの上からシュッと親指を滑らせます。

そのとたん、強烈な痛みに悶絶しました。五寸釘を刺されて、ググッと動かされるようなものすごい痛みです。これは痛い、七転八倒なんてものではなく、拷問以上です。

少なくとも、僕が受けた痛みの中のどんな痛みよりも、ずっと激しいものでした。

ところが、先生が擦る箇所によっては、全然痛くない所もあるのです。

例えば、僕はお酒を飲み過ぎていたので、施術が肝臓にさしかかると、それはもう剣山で刺されているのかと思うくらいの鋭い痛みを感じます。

しかし、悪くない所は、むしろ心地良いくらいの刺激なのです。痛い所は、先生の指が離れた瞬間にホッと心地良くなります。

それが、40分ぐらい続きました。


その施術は、「業捨」というそうです。

１２００年前に、空海が唐から真言密教を伝えたときに、一緒に伝えていたそうですが、今の高野山では誰も行っていないといいます。

業捨をすることの意図は、業がない状態にすることです。

真言密教の修行をするときに、修行者の業があると進捗が遅いのだそうです。

そこでまず業を払い、業がない状態、つまり赤ん坊のような状態に戻してから、修行を始めなくてはいけないのです。

そのために、修行者同士がお互いに、業を落とし合います。

本当にすごい痛みに、40分間泣きわめいた後、
「これを1回やると、10年分の業が落とせる」と、広島の先生に言われました。
例えば40歳の人なら、4回受ければ全ての業が落ちて、赤ん坊の状態になるそうです。

こうして地獄の苦しみからやっと解放された頃に、ようやく矢作先生が到着されました。それまでは電話でお話をしたことしかありませんでしたから、そのとき初めて顔を合わせたのです。

そして、矢作先生は業捨との出会いをお話ししてくださいました。

今から20年くらい前まで、業捨の先生は、広島からはるばる東京に来られて業捨も行っていらっしゃったそうです。

その頃、東大医学部の教授たちが、施術を受けていました。月に一度、業捨の先生が広島から上京されるときに、業を落とすのと同時に、体の具合が悪い所も治してもらっていたといいます。

あるとき矢作直樹先生は、冬山登山の途中に滑落してしまいました。そのときに両方の肩の骨を複雑骨折し、リハビリをしても思うに任せず、手の細かい動きができなくなってしまったのです。

外科の同僚や年配の教授たちは、

「それでは仕事にならないだろう」と心配していました。外科医として、手術ができないのは致命的です。

矢作先生も恥じ入って、絶望的な気持ちになっていました。

しかし、「大丈夫だよ、治るから」と、業捨の先生の元に連れて行かれたのです。

矢作先生の肩は、骨の破片が筋肉と筋肉の間に挟まってしまい、手術も難しく、強い痛みもありました。神経も滞って正常に動きません。

施術は1ヶ所だけでなく、全身に渡ったものとなりましたが、筋肉組織と破片、その他、神経や血液、リンパなどがむぐむぐと自分たちで動き、元の状態に戻っていくのがわかったそうです。

後遺症もなく見事に完治し、矢作先生は外科の現場に復帰することができました。

その体験から、矢作先生は、救急外科に運ばれてきた自分では治せない患者さんを、わざわざ広島の業捨の先生のところまで連れて行かれるのです。

僕もそうして導いていただき、本当に幸運でした。

履かされたストッキングには驚きましたが、肌に直接は施術ができないのだそうです。直接ではなくても、できるだけ肌に近い状態で施術をなさりたいので、腕や、頭や首を施術するときもストッキングをかぶせると聞きました。

施術中は痛いけれど、施術後は生まれ変わったかのような、ものすごい爽快感です。

それに、業が10年分落ちたためか、今まで人生の中で業が邪魔してうまくいかなかったことが、調子よく走り始めたのです。


それから、僕はすっかり広島の先生の業捨にはまってしまいました。

広島まで、毎月通い始めたのですが、大阪の北新地にあるクラブの社長さんも毎月いらしていて、時々話すようになりました。

彼は、毎月来るようになって、もう3、4年になるといいます。

「そんなに来ないと治らない病気なんですか?」と聞くと、

「いやいや、違うんです。私みたいに水商売をやっていると、普通よりも多くの業を被ってしまうんですよ。だから、毎月祓ってもらわないと、仕事がうまくいかないんです」ということでした。

ちなみに先生は、気の合う患者には、業捨の後に、

「飲んでいけ」と声をかけて、瀬戸内の美味しい握り寿司を出前で頼んで一緒に召し上がっていました。僕もご相伴（しょうばん）にあずかりましたが、ビールもたくさん飲まれていました。他の患者さんなどと一緒に、ウイスキーなどもがんがん飲むのです。

先生はアルコールは何も問題はないとおっしゃり、チェーンスモーカーでもいらっしゃいます。

その社長さんは車で来ていましたが、お酒を飲んだ後、運転して帰るというのです。

「大丈夫ですか?」と心配したのですが、

「大丈夫、業捨しているから」と、涼しいお顔なのです。

次にお会いしたとき、

「前回は大丈夫でしたか？」と聞くと、

「捕まったよ」とのお答え。

やっぱり……、と思ったのですが、続けて言われたのです。

「でも、捕まったといってもすぐに放免になったよ。

いい気持ちで運転していて、少し蛇行運転になっちゃって、パトカーに見つかって止められた。すぐにアルコールを測られたんだけど、数値が0。何回やっても0。息が少しアルコール臭くはあったみたいだけど、数値が出ないと飲酒では捕まえられないんだって」

だからお巡りさんも、「気をつけてください」とだけ言って放免してくれたのです。

業捨をすると、アルコール分解まで早くなるのでしょうか。


そこには、有名なフルコンタクト空手の指導者も通っています。

彼は大阪在住で、極真のトーナメントのボスです。

試合のときに腰を痛めて立てなくなってしまい、「何とかならないか」と業捨を頼って広島までやってきたのです。

業捨の先生が「ちょっと痛いぞ」と言うと、

「100人抜きをやっているから、耐えられます」という返事。

「100人抜き」とは、100人の相手と次々に試合をする荒行ですが、そんな過酷な修行を越えてきたのだから、たいていの痛みには耐えられるというのです。

ところが、診察台に横たわり先生が施術を始めると、そんな屈強な空手家も、「ギャーッ」と悲鳴を上げました。もう、大騒ぎです。

後で教えていただいたことですが、その人の体から引き抜かれるのを嫌がる「業」が、業捨をやめさせようとして、その人の記憶の中の一番痛かった感覚を再現させているそうです。

矢作先生からその話を伺って、納得できることがありました。

業捨の際、通常なら擦られた部分が痛むはずなのに、痛みを発しているのは頭の中の記憶なのです。施術中に別の部分をつねるなど、子どもが注射の痛みをまぎらわせるようなことをしても、全く無駄なのです。頭の中の記憶が痛がっているのですから。

その頃、僕は、体調が悪いので何とかならないかと相談をしてくる人を皆、業捨の先生のところへ連れて行っていました。

末期の胃がんで、胃の全摘出をした人もです。

一番重篤だったのは、脳出血で左半身が不随になり、感覚がないという方です。左半身は、つねろうが火を当てようが、痛みや熱さを全く感じません。

それなのに、左半身に業捨を行ったとたん、痛いと叫びました。痛みの理屈が違うので、痛みを感じたのでしょう。叫びながらも、彼は嬉しさで泣いていました。

その施術を機に、彼は毎月通い始め、左半身の感覚を取り戻すことができました。

自分や他の人が普通につねっても痛みがわかるようになり、今は動くようになっています。


業捨の先生は、もともとは船大工をされていました。

ある日、弘法大師・空海が夢枕に立って、業捨を行えと指示をし、それを教えてくれたということなのです。

そして業捨というものとは、

「1200年前に私が真言密教と一緒に唐から持ち帰ったものだが、業を落とすことができ、それによって身体の不具合も良くなる」と説明されたそうです。もちろん、高野山でも業捨を継承することはなく、関連するような、伝承的なものすらもありませんでした。

「軽く指の腹で、腹部を擦りあげるようにしろ」と、夢枕に立った弘法大師に言われたそうです。

軽く擦りあげるだけですから、自分でする分には痛くも痒くもないのですが、業捨の先生にしていただくと、とんでもない激痛が走り、その後は引っかき傷のように真っ赤になります。

ただし皮膚がむけたわけでも血が出たわけでもないですから、すぐにお風呂に入っても痛くも何ともありません。

業が深い人は赤黒くなり、浅い人は明るい赤色になるとのことです。僕の痕は比較的明るい色だったので、そこまで業が深くないのだとホッとしました。

広島の業捨の先生は船大工という体をよく使う職業柄、人より丈夫でいらっしゃいましたが、人の業を払っているうちにご自身が業を被ることがあるらしく、辛くなってきたので今は施術をやめてらっしゃると、3年前に聞きました。

僕はもう、業捨を受けなくても大丈夫という自信も持てていたので、そのときはもう業捨を受けることもないだろうと思っていました。

◎神様の采配で業捨を再開

ところが、今から1ヶ月ほど前、ちょっとした考えもあって、それまで10ヶ月間続けていた禁酒を解禁にしたときのことです。打ち合わせなどもあり、3日続けてお酒をたくさん飲んでいたのです。

一般的には、お酒を飲み過ぎるとお腹が緩くなります。ところがこのときは、緩くなるよりむしろ出なかったのです。

これまでにはなかったことでした。毎日問題なかったお通じが途絶えたので、アルコールはやはりダメだったかな、これはまずい、と、業捨に行きたくなったのです。

けれども、広島の先生はもう施術はされていませんし、今、僕はほとんどの時間を東京で暮らしているために、広島は遠くなってしまいました。

どうしようかと悩んだのですが、そういえば、お弟子さんがいるという話を思い出したのです。

業捨群馬施術所
住所：〒371-0014　群馬県前橋市朝日町3丁目24−6
TEL：027-243-9995
（平日午後1時～5時の間のみ電話に出られます）

業捨の先生が20年前に東京での施術場所を引き払うときに、君ならできるというお弟子さんに、全ての設備や弘法大師の仏像までをも託したのだそうです。

そのお弟子さんは神原徹成先生で、群馬県の前橋でこの20年間ずっと、業捨を施術していらっしゃると聞きました。

なぜそのことを知っているかというと、まさにその神原先生が4回ほど、僕が指導している東京の道場に稽古にいらしていたのです。そのときに、「業捨をやっています」とおっしゃっていたのを思い出し、この方に違いないと、すぐに連絡を取りました。

そして、業捨をお願いしたところ、快諾いただけたので、先日行ってきました。

東京からは片道2時間もかかるところでしたが、高速道路を飛ばして向かいました。

最後に施術を受けて、もう10年近く経っていましたから、業捨のあの痛みも忘れていました。

10年前と同じくストッキングとTシャツを着させられて、診察台に横になりました。

「始めますよ」

「ええ、お願いします」

施術者の神原先生の指が触れたとたん、「そうだった、この痛みだった！」と、記憶が鮮明によみがえりました。

本当に久しぶりで、業も溜まっていますし、飲み過ぎで腸も動いていません。

ちなみにその直後に撮った写真を掲載します。死ぬほど痛くて、むち打ちのような感じです。その苦しみは2時間続きました。

写真では内出血のように見えますが、これは内出血ではありませんし、触れてもお風呂に入っても痛くはありません。その痕も、今はもう消えました。

おかげでさまで、直後から腸の動きが復活し、ちゃんとお通じが戻りました。さすがの即効性です。

歯が痛い人でも、顎にストッキングをかぶせて患部を上から施術すると、そのあたりが真っ赤になるのでしばらく見た目が気になりますが、歯の痛みはなくなるのです。

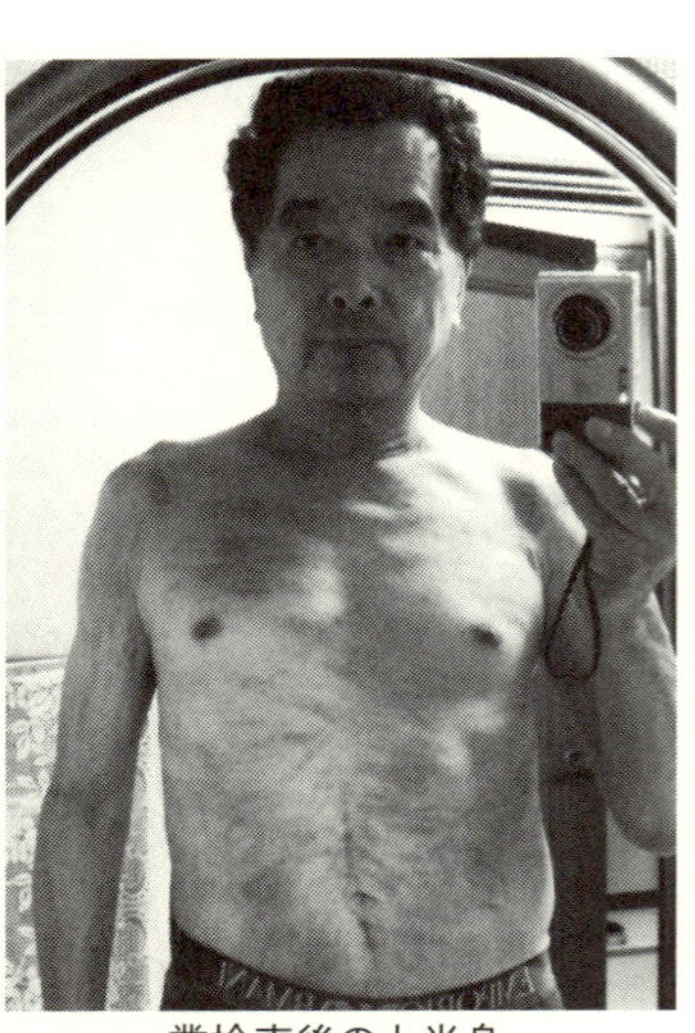

業捨直後の上半身

業捨の痛みをすっかり忘れていたのでつい気軽に行ったのですが、こんなに痛いものだったと思い出した後はもう、腸も治ったし、二度と受けることはない、と思いました。

「お世話になりました」と感謝の気持ちを伝え、治療院を後にした帰り道のことです。

田舎の一本道が続き、片道1車線の狭い道をずっと走っていきます。

そのとき、僕の長女からメールが届きました。

実はその長女は、「あんたのようにはなりたくない」と言って、ずっと父親である僕のことを避けているのです。

次女はJAXAに勤めており、よく会うのですが、長女のことは次女経由でしか情報が入りません。近況を知るにも、次女に聞くしかないのです。

そんな長女からのメールの内容は、引越しをするから保証人が必要で、僕を保証人にしたけれど、電話番号はこれで合っているかどうかをすぐに返答してくれ、という内容でした。たった今、不動産屋で交渉をしているということなので、すぐに、返信しなくてはなりません。

メールを打つために車を停めたかったのですが、あたりは片道1車線の一本道で、歩道もありません。狭い道だったので、脇に寄せて停めるということさえできません。コンビニでもないかな、と思いつつ、焦る気持ちで田んぼの中の道を走らせます。

ようやく、店らしきものが視界に入ってきました。店の前に4台分の駐車場があり、2

台分が空いていましたので、急いで車を停めて、やっと返信することができました。長女からは、「後日、不動産屋から連絡があったらよしなに」とすぐに返信がきたのでホッとしつつ、ふとその店を見ると、そこは散髪屋さんでした。

僕はこれまで、散髪には、岡山の馴染みのお店に30年以上通っていました。月に1回そこで散髪してもらっていたのですが、その散髪屋が廃業するというので、どうせなら東京の部屋の近くでと、散髪屋を探していたのです。

部屋のある白金には美容院しかなかったのですが、ほど近い三田に、おばあさんが営んでいる古い散髪屋があり、ここならいいかなと思って入りました。

席に通されると、おばあさんが聞いてきます。

「これ天然パーマかしら？　私、ここまでの天然パーマは初めてよ。どうすればいいの」

「5ミリだけ切ってください。僕は長いのがいいので、5ミリだけ」

と答えて散髪が始まるとついうとうとしてしまい……、ふっと目を開けると、なんとほとんど刈り上げられていたのです。

「5ミリだけ切って」と伝えたはずなのですが、5ミリだけ残しているかのように短くされてしまったのです。

やるせない気持ちでしたが、相手はおばあさんです。元の長さに戻るまで、おそらく今年いっぱいは「絶対に散髪屋には行かない」と決めていました。


それなのになぜか、その散髪屋に興味を惹かれて、気がつけば車を降りて扉を開けていました。体が勝手に動いたかのようでした。

ご主人とおぼしき男性が、「どうぞ」と迎えてくれました。

僕は「髪を切りたくもないのに、何で入ったんだろう?」と思いつつ、つい、

「1ミリも切らないで、散髪できますか?」

と聞いてしまったのです。ご主人は、目を丸くしていました。

「切らずに散髪? うち、床屋ですから……」

「わかっています、ハサミを使わずに櫛だけ入れてください」

「調整もしないんですか? 揃えるだけもダメですか?」

「やめてください。1ミリも切らないで、洗髪して顔そりをして、櫛だけで整えてくれればそれでいいんです」

「それは……やれと言われればやりますよ」と、ご主人は、不承不承、作業に入ってくれました。

僕が髪を切られすぎた三田の散髪屋のことを話すと、

「そういうことですか、じゃあしょうがないですね」と納得して、本当に1ミリも切らずにひととおり整えてくれたのです。

そのとき、僕は半袖を着ていたので、業捨で赤くなった部分がご主人の目に止まったようで、

「怪我でもされたんですか？」と聞かれたので、答えました。

「ここから少し行った所に、業捨という面白い治療をやっている先生がいるんです。そこに行くと、親指で軽く擦るだけなのに、こんなに赤くなってしまうんです。ものすごく痛いんですよ」

「えっ、そんなのがあるんですか、すぐそこですか？」

治療院のある町名を伝えると、あのあたりだとか、思い当たったようでした。

すると、隣の椅子に座っていた若い男の人が、

「それ面白いな」と、興味を持ったようでした。その人は、整体師だということです。散髪代をお支払いしたときに、ご主人が、

「コーヒー飲まれますか?」と聞いてくださったので、せっかくですからいただくことにしました。

コーヒーサービスとは気が利いているなと思いつつ、「こちらに」と通された所は喫茶店のテーブル席のようになっていました。散髪が終わってというようには見えないおじさんが、コーヒーを前に本を読んでいるのです。

そのうちもう1人若い男の子が入ってきて、「コーヒーね」と言って座わりました。

「ここ、コーヒー屋さんもやっているのですか?」

「いやいや、サロンみたいなたまり場なんです。もちろんコーヒーではお金をいただきませんよ」

出してくださったのは、なかなか美味しいコーヒーでした。

本棚があったので見てみると、さとうみつろうさんの『悪魔とのおしゃべり』(サンマーク出版)や、斎藤一人さんなどのスピリチュアル系で有名な本がずらっと並んでいました。しかもどれも、かなり読み込まれたように手垢のついている感じです。

さらに、斎藤一人さんのサインや書が額に入れて飾ってあるのです。

「これ、どうされたんですか？」

「時々、来てもらったりしているんですよ」


スピリチュアル系が好きな人たちを集めたりしているという、面白いサロンでした。

そろそろ店を出よう、というタイミングで、ふと思い出しました。前日に講演をして、何冊か著作を持っていっており、車のトランクに入っているものがあったな、と。

スピリチュアルに興味がある方たちなら、僕の本にも興味を持っていただけると思い、近著の『祈りが護る国　アラヒトガミの霊力をふたたび』（明窓出版）を含めて何冊かを謹呈すると、ご主人は驚いて、お礼を言われました。

「こういう本を出されているんですか。あなたのことを全く知りませんでしたが、ありがとうございます！　僕、こういう本、大好きなんですよ」

それで、サロンにいた全員が出てきて写真撮影をしてから、見送ってくれました。

とても気分が良くなって、これからはこの散髪屋で髪を切ることになるな……と、なぜかそう思えたのです。どの人も、とても気持ちがいい。

散髪屋さんの前で見送ってくれた皆さん

その中の小学校の先生が、名刺代わりですといって冊子をくれました。自分の生い立ちを作文して、20ページくらいの小冊子にしてあるのです。

「名刺交換のときには、これをいつも差し出しています」とのこと。

面白い、こんな小学校の先生がいたらいいだろうな、と望まれるような人で、彼にも僕の本を差し上げました。

車を出すときには皆で手を振ってくれて、「ぜひまた彼らに会いたいな」と思ったほどで、すごくいい所なのです。

おそらくこれは、神様の采配に違いありません。

僕を避けている娘が、あのタイミングで僕に急ぎのメールを寄こし、車を停めなくてはいけなくなり、あの散髪屋に停車せざるをえなかった。これはきっと、「ここに毎月散髪に来い」という神様からの御指示だったのでしょう。

片道2時間かけて高速道路を走り、高速代金をわざわざ支払ってでも、ここに来いということだな、と確信できたのです。

「僕が東京で転がしている小さな車は、ここに来るために必要だったんだ」とまで思えたのです。

ルンルン気分で車を走らせつつ、さらに思いつきました。

「費用対効果を考えると、散髪のためだけにここまで来るよりも、業捨も受ければ体調も良くなるからいいに決まっている。痛みに耐えさえすればいいんだ」と。

今日のように、まずは業捨を受けて、次に散髪をしてもらって気分良く帰る、これが今後の僕の人生で、しばらく必要になるだろうと理解できたのです。

そう思えると、もう帰りは見事にスムースで、高速道路はガラ空き、あっという間に東京に着いてしまいました。

それから、散髪屋のご主人からメールが届き、その後、手紙もいただきました。

小学校の先生からも手紙が来て、隣にいた整体師のお兄さんからもメールが来て、みんな仲間になったのです。

ますます、今後は毎月通おうと思いました。


業捨は予約が必要なので、次に散髪するくらいのタイミングで予約をしようと神原先生に電話をしました。

「8月にも行きたいので、予約したいんですけれど」

すると、先生が言うのです。

「それはかまいませんが、このあいだ、帰りに散髪屋に寄ったんですって?

次の日、散髪屋さんから聞いたという人が業捨を受けにきましたよ」

僕から話を聞いてすぐに、散髪屋のご主人は業捨のことをお客さんに伝えてくれたようです。


あの日、あの散髪屋の前に車を停め、散髪する必要もないのに店に入り、サロンでコーヒーを飲み、僕の本にとても興味を持ってくれる人たちと出会えて、どの人も気持ちよくて仲良くなって……、そうしたら、2度と行くものかと思っていた業捨に、今後も通うという覚悟が生まれて……、これはやはり「神はかり」です。本当に、神様のお力というものは計り知れません。

帰り道を運転している間もずっと、気分がいいのです。

まるで、「英雄スイッチ」が入ったかのように。

「もっと近ければいいのに」と思いながらも、片道2時間もの運転ですら楽しいのです。

ちなみに、僕が乗っている赤いミニクーパーは、今から2年ほど前に、岡山で衝動買いしたものです。

そのときには既に、軽トラックと、大学合気道部の学生7名を乗せるための大きなSUV車、そして普通の乗用車を持っていました。3台とも岡山に置いてあります。

それなのに、あるとき近所を走っていて、車屋さんの前に置いてあった赤いミニクーパーに目を奪われ、急停車をしてしまいました。

全部チェックしてみると、マニア垂涎の最終モデルで状態も完璧、錆びもありません。まだまだピカピカで、そんなに距離も走っていませんでした。こんな良好な状態は奇跡的です。内装が木製のフルオプション、価格的にも、もともとはとても高いモデルでした。それを、即決で買ったのです。

しかし、冷静なほうの頭では、「買ってどうするの？　もう3台あるのに、4台目は必要なの？」という問いが立っていました。

父が建てた大きなお屋敷を壊して更地にしていたので、置く場所には困りません。しかし、「そもそもこの車の必要性はどこにあるのか？　他にもっと役に立つようなお金の使い道があるだろう」という、しごく理にかなった思いもあります。

それでも直感的に、「今はとにかくこれを買っておかなければいけない」と、何か突き動かされるようなものがあったのです。きっと、「英雄スイッチ」が入っていたのでしょう。

衝動買いといえば、買ったのではなく借りたものではありますが、２０１８年9月に東京に事務所を借りました。僕が住むマンションの部屋の、真上の部屋です。

もともと、事務所なんて借りるつもりもなかったのですが、そこのまた真上の部屋にお住まいの大家さんが、

「下の部屋を事務所用に改築して貸そうと思うんだけれど、身元が怪しい会社に借りら

れても困るので、よかったら入ってもらえませんか？　自分の部屋の真下だから、ちゃんとした人に借りてもらいたいんです」とおっしゃるので、「いいですよ」と、ついお返事をしてしまいました。このときもなんだか、衝動的に言葉が口をついて出たような感じでした。

その後、その事務所には多くの人が集まってきてくれて、ポールダンスのレッスンや発表会もしますし、取材を受けたり打ち合わせをするにも、なかなかいい場所なのです。

事務所を借りたからには、もう少し活動範囲を広げなくてはいけないような気になって、「じゃあ、あのミニクーパーを東京に持ってくるか」と思いました。

そして、まさか東京まで運転していくことになるとは思わずに買ったミニクーパーでしたが、無事、東京に運ぶことができました。

もちろんその前に駐車場を探したのですが、港区の白金界隈はとても高い上に、なかなか空きが出ませんでした。

ところが、ある日、近所を散歩していたときのことです。

明治通り沿いの高層オフィスビルの壁に、「駐車場あります。お気軽にお問い合わせください」と貼紙があったので、その場で電話してみると、本当に空きがあるとのことです。恐る恐る、料金を聞いてみました。

すると、この近辺の青空駐車場の半分ほどの金額で、なんと屋内駐車場だそうです。

そのオフィスビルの地下にあり、そこに通勤する人や営業車を置くための駐車場なのですが、ビル内の会社などで埋まることもないので、外部にも貸し出しているとのこと。光熱費の足しになるだけでもよいということで、価格も低めに設定されており、自動シャッターで24時間自由に出し入れができます。


こうして、駐車場は無事に確保したのですが、一番問題視していたのは、古いミニクーパーの修理、点検、車検です。岡山から700キロメートルを走って東京に来てからも、都内を頻繁に走るだけでなく、岩手県から秋田県にまでも走っていったため、半年でかれこれ2000キロメートル近くを走り込んでいたのです。

調べてみると、東京には3、4軒ほどのミニ専門店があります。

一番近い所は三軒茶屋ですが、そこまでわざわざ走らせて代車を借りて、という行程が面倒だなと思っていました。

そんなとき、いつものように近所を散歩していますと、よくお昼を食べにいくお蕎麦屋さんの近くに、漫画『三丁目の夕日』(小学館)の鈴木オートのような、いい感じに風情がある、車の修理工場がありました。

並んでいるのは、ポルシェ、ベンツ、時々フェラーリやランボルギーニ。やはり場所柄か、高級外車ばかりを修理しています。中に入って、これまた鈴木オートの社長さんのような優しそうな男性に声をかけてみました。

「ミニクーパーは扱ってらっしゃいますか? 最終年度のものですが」

「その年度なら、エンジンのディストリビューターが電子制御になっているからうちでもできますよ」

「ありがたい! 助かった」と喜んだものの、その工場は狭くて、車を置いておく場所がとても限られています。できるだけ早く整備をお願いしたいと伝えると、最初は工場の人も、ちょっと頭を抱えていました。

「修理中の車で置く所が……どちらにお住まいですか? 車はいつもどこに置いていますか?」

「すぐそこのオフィスビルの地下駐車場です」

「じゃあキーをお預かりしますから、スペースが空き次第車を取りにいって、整備してまた戻しておきます。終わったらお電話しますね」

それからは毎回、そんなとても好都合なやり方で整備や修理をしてもらっています。

僕が、しばらく出張するときにキーを渡して、

「ここが不調なのでチェックしておいてもらえますか」とお願いすると、快く引き受けてくださいます。

東京に帰ってきて、お昼にお蕎麦屋に行って、帰りに寄るとできているのです。そして料金も、ものすごく良心的。巡り会いに感謝です。

こうしてメンテナンスをしっかりしてもらっているミニクーパーは、群馬はもちろん、長野や京都方面に急に行くことになっても、本当に何も心配がありません。

そう、あのとき岡山で衝動買いしたミニクーパーが、毎月群馬の前橋に通うことにもつながっていたのです。

おそらく、今後もずっと、僕には業捨が必要なのでしょう。

しかし、業捨だけでは通う気にならない僕に、「散髪屋の仲間」という楽しみを神様が与えてくださったのだと思います。

広島で施術を受けた経験からわかったのですが、業捨は、なぜか2回目が一番痛いのです。業捨の先生もそうおっしゃっていました。

3回目はちょっと我慢できるようになり、4回目になるとだいぶ、ホッとできるようになります。5回目は、施術を受けながら、まあまあ話ができる程度、6回目くらいになるとニコニコする余裕すら生まれます。

業がなくなり、体の不調も取れるからでしょう。

今回の業捨で意外だったのは、首が一番赤くなったことです。お酒を復活させたので、さっそく肝臓を痛めたと思っていたのですが、そうではありませんでした。

「肝臓は大丈夫ですよ。お酒なんて百薬の長だから」と笑われました。

それよりも、首の痛みが一番ひどかったので、

「首の痛みは何ですか?」と伺うと、

「あなたは、だいぶ喋っていますね」というお答えでした。

つまり、喉からきている首の痛みだということだったのです。

僕は講演で長時間話すことも多いですし、ご神事で月に2回、長い時間をかけて祝詞(のりと)も上げます。人と会ったり、取材を受けることも多く、喉を酷使しているそうです。

普通の人でしたら、喉が痛くなって喋れなくなるほどです。僕が喉を正常に保っているのは、不思議なくらいなのです。

おそらく業捨は、僕が喉を酷使していることで通わされているのでしょう。神様が、「喉を守るために毎月業捨をやれ」と命じているのです。


あの日、僕の帰り際、神原先生はもう二度と来ない気だなと思っていたそうです。次の予約をしなかったし、施術中もあまりに痛い痛いと叫んでいたからです。

ただ次からは、ストッキングなしの、上半身だけにして欲しいと思っています(笑)。


神原先生が業捨を学ばれたのは、癌を患われていたお父さんが、広島の先生に助けていただいたご縁からだったそうです。広島の先生が業捨を紹介するために書かれた本『空海の法力で治す――「業捨」で奇跡の運命を得る!!』(弘倫社)の巻末に、癌が消えた患者として、そのお父さんの顔写真も掲載されています。

当時、神原先生はまだ高校生で、お父さんの付き添いで治療院を訪れていました。

興味深げに見ていた神原少年に、広島の先生が、

「君にもできるぞ。なんなら教えてあげるよ」とおっしゃったとのことです。

想像いただけるでしょうが、業捨は誰にでもできるものではなく、いくら教えてもできない人にはできません。生まれつきの能力・才能のない人が、広島の先生に手取り足取りで教われたとしても体得できるものではないのです。

広島の先生は、神原少年に才能があるのをすぐに見抜かれたのでしょう。


日本には、広島の先生の跡を継いだと称して業捨を施術している方々が他にもいます。しかし、その人たちは、広島の先生に直接のご指導をいただいたわけではなく、面会したり施術したりセミナーに参加しただけで、なぜかわからないうちに自然に業捨ができるようになっただけですし、中には会いもせずに勝手に業捨を商標登録してしまったトンでもない人までいるようです。しかし、実際に広島の先生から直接に業捨の技法を教伝された

直系のお弟子さんは神原先生だけなのです。

東京にある僕の活人術道場に神原先生がいらして、業捨をされていると聞いたときには、広島の先生から全てを受け継いでいらしたとまではわかりませんでした。

僕が初めて群馬に業捨を受けにいったときも、施術ができるというのだから、試しにいってみようという程度に軽く考えていたのです。

ところが、実際に伺うと、広島の先生の治療院で見たのと同様の、いろいろな写真や飾り付けがあり、

「これ、広島の先生の所でも同じものを見ました」と言うと、

「はい、広島の先生にいただいたんです。私は直系ですから」と教えてくださいます。

どおりで、広島の先生の施術と同じくらい痛かったはずです。

◎痛みと再生の関係と知られざる血液の仕組み

さて、業捨を科学的、物理学的な見地から見ますと、身体には何が起きているのでしょ

う。

そもそも、ただれたように赤くなるのはどうしてなのか？　ということも、未だにわかっていません。

広島の先生いわく、

「業はまず、皮膚の表面に引っ張り出されてから、皮膚から出て行きます。どこから引っ張り出されてくるかというと、骨の中、一番奥の骨髄です」

例えば、火葬場でお骨を丁寧にお箸で砕いて、骨壷に入れてくれるおばあちゃんがいます。脚の長い骨などは、そのままでは骨壷に入らないために、その場で折って断面を見せてくれることもあります。

骨髄が黒くなっていると、

「この人、業が深かったみたいね」などと教えてもらえますが、おそらくそれは本当のことだろうと思います。業が少ない人は、黒くなっていないそうです。

業捨をすると、骨の中に溜まっている業がまず引っ張り上げられて肌の表面が赤黒くなる、業が深ければ深いほど、黒色が強くなるのです。

赤くなっている皮膚の表面から、２週間くらいかけて徐々に業が抜けていって、色もなくなります。

お医者さんなら、「内出血がなくなって元に戻っただけだ」とおっしゃるでしょうが、神原先生の説明は次のようでした。

「悪い毛細血管を潰しているんだと思います。毛細血管が潰れるから、そこから血が滲んで内出血のようになる。

でも人間の自浄作用はすごいので、弱った毛細血管だけが潰れて強い状態に再生していく。だから体調が良くなるんです」

弱ってダメになっている毛細血管を潰すことで代謝が上がり健康になる、それが業捨であるということです。僕も、その考えには一理あると思っています。

他の業捨の先生には、静電気の効果だと説明している方もいらっしゃるようです。

摩擦電気、いわゆる静電気で、皮膚の表面がプラスやマイナスの電気を帯びると、体内のイオン電荷を持ったものが引っ張り上げられるという理屈です。もしそうだとすると、例えば空気中の塵も静電気で集まりそうなものですが、そうはなりませんので、この説には僕は懐疑的です。

強いて医学的に説明せよというのなら、神原先生説の、「弱った毛細血管を潰して新しく入れ替える」というのが一番わかりやすいと思います。

先日、雑談の中で、神原先生に伺いました。

「やっぱり広島の先生と同じで、癌などの患者さんで治った人もいるんじゃないですか？」

「はい、ご本人からそうした話は聞いています。ただ、それは治ったという結果をその患者さんから聞いたというだけだったんですが、今回、治ったという証明になるような断層写真を持ってきてくださった方がいるんです」

脳腫瘍の患者さんですが、その断層写真を見せていただきますと、業捨前の脳の中には、確かに腫瘍があるのです。

その患者さんは月に1回通われて、3ヶ月で3回の業捨を受けました。

そのたびに断層写真を撮ってもらっているのですが、腫瘍はだんだん小さくなり、3回目の後には本当に小さくなってしまっているそうです。

病院の検査写真で、腫瘍がこんなにも早く小さくなっていく写真を見たのは初めてでした。

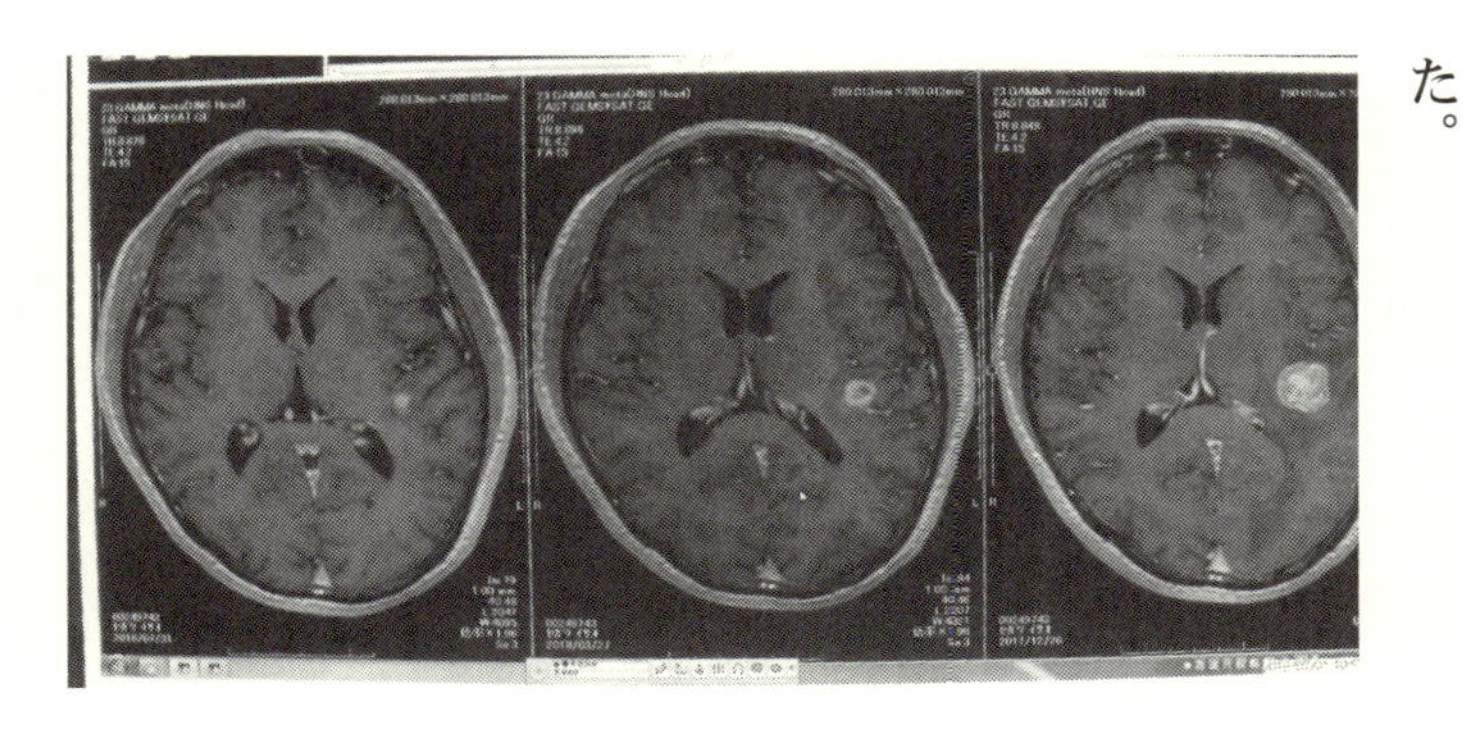

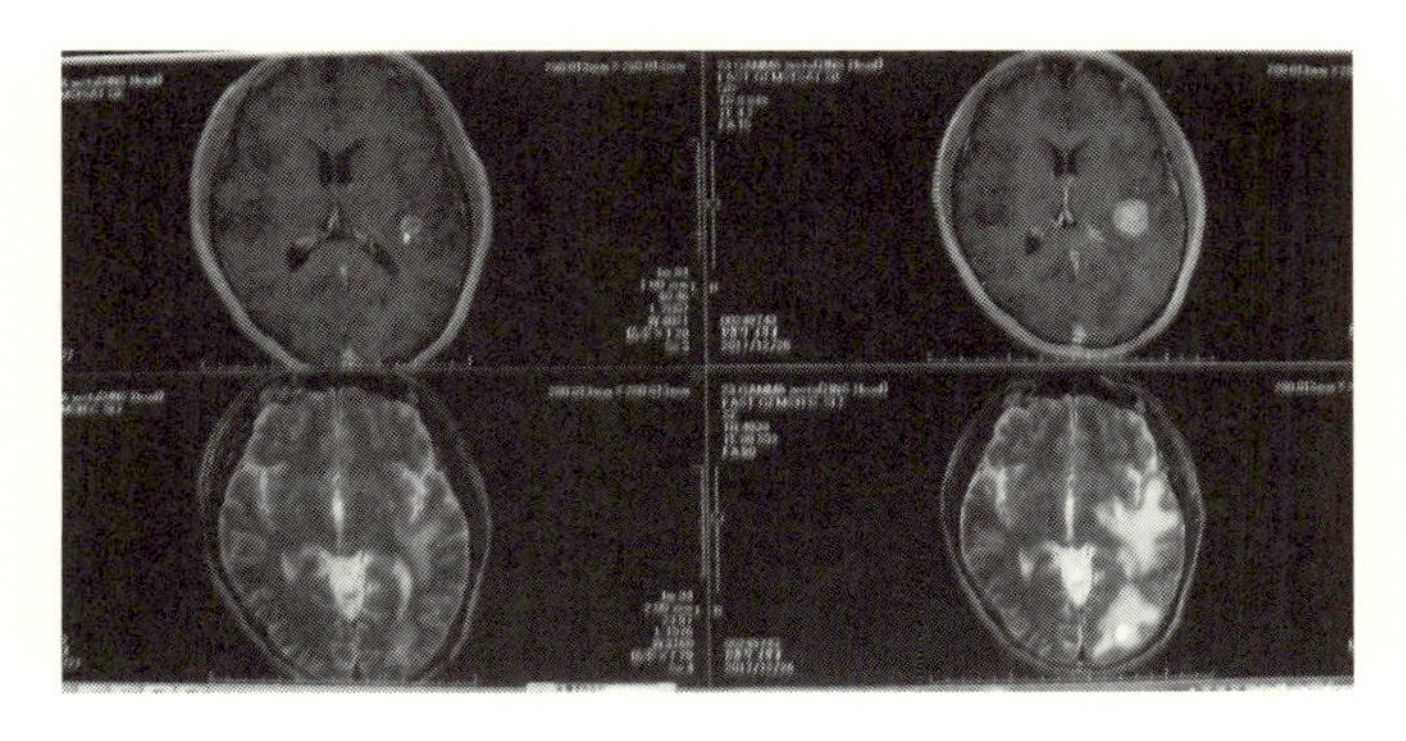

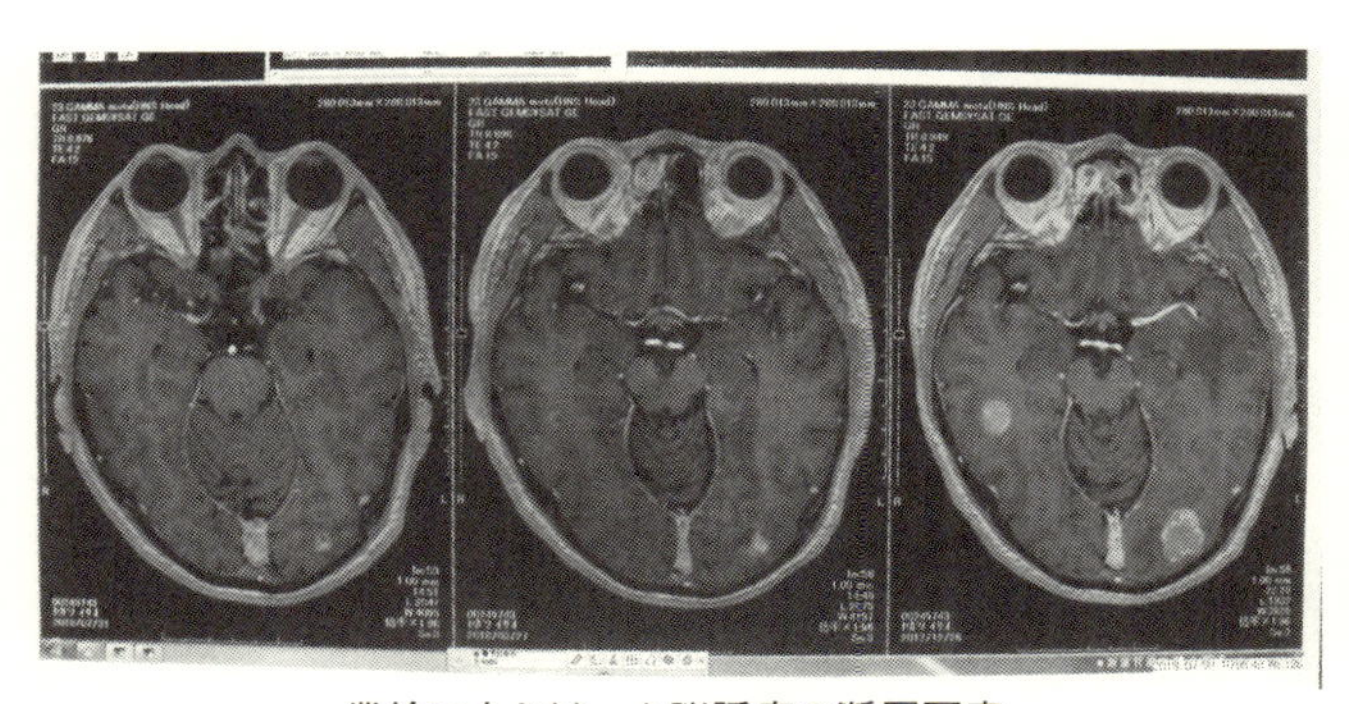

業捨で小さくなった脳腫瘍の断層写真

「本当に、長く続けているとこうやっていいことがあるんですよ」
と、神原先生も大変喜んでおられました。

さて、業についてですが、本家の広島の先生は「過去世の業は取れない」とおっしゃっていました。過去世から続くカルマは、業捨では取れないということです。続けて、「ただ、今生、生まれてからの業は取れるから、赤ん坊のときの状態に戻せる」とも。

これはまだ僕が直感的に思っているだけですが、業捨によって寿命は伸びるような気がします。

例えば、業捨から与えられる激しい痛みがありますが、この「痛み」については、医学的にはまだわかっていないのです。

なぜ痛みが起きるのかすらもわかっていません。神経のどういう信号で起きているのか、どのようなメカニズムがあるのか、それがわかればノーベル医学・生理学賞です。

それと、痛みを取ってくれる麻酔は今や、ずいぶん普及していて手術のときなどにも使われています。

あの麻酔についても、なぜ効くのかがわかっていないのです。麻酔のメカニズムについても、それを突き止めた学者はやはりノーベル賞です。

痛みに関して、僕には思い当たるところがあります。痛みとは、「再生」するときに必要なものであると。

身体組織の一部が切れたり、圧力で潰れたりしたら痛みを覚えます。怪我や故障があれば、そこを再生させなくてはいけないので、その再生の力が発揮されるときに、通常ではない働きが起きるため、痛みを感じるのです。

逆に言えば、痛みがないと、スムースに再生ができないのです。

僕は自分が受けた手術の後に、

「痛いからもっと麻酔を打ってください」とお願いしたら、看護師長さんに、

「麻酔を打ってばかりで痛みを止めていたら、治るのが遅くなりますよ」とたしなめられてしまいました。看護師さんたちは、経験則で知っているのですね。

麻酔で痛みを取ると、傷の回復は長引くそうです。痛みに耐えれば耐えるほど、早く治

すことができる。

息の長い人気漫画『ゴルゴ13』（小学館）にも、こんなシーンがありました。敵に撃たれた自分の傷を手当するのに、ゴルゴ13はモルヒネなどの痛み止めを打たないのです。

なぜかと問われると、

「打つと回復が遅くなって、仕事ができなくなる」と答えていました。

スナイパーの世界でも、知られていることなのでしょうね。

それから、血液も不思議なもので、体を流れる単なる液体というものではありません。体のどこかが切れれば流れ出てくるような液体ではありますが、実はその全体が臓器なのです。

例えば、血液を集めて水分を飛ばし、タンパク質などの粉にして、フリーズドライにしたとします。それを再び血液として使うときには、蒸留水を混ぜて溶かせばよいという考えがあります。要するに、インスタント血液です。

血液から飛ばした水分が、例えば7割だとします。その後に、フリーズドライにした血液を元に戻そうとその7割分の水に入れても、全ては溶けないのです。全部溶かすには、倍ぐらいの水が必要になります。結果、薄まってしまうので、使えません。

血液は、単純ではありません。水分にいろいろな成分が混ざり、溶け込んでいるというだけではないのです。有機的に互いに結びつきながら混ざっているため、全体の容量は小さくなっています。

水の中に、赤血球や白血球などが入っているだけなら、それらがぶつかり合ったり、くっついたりするはずなのですが、血液はそうではありません。単なる水溶液ではなく、細胞同士がくっついたりしてはいない臓器として機能しているのです。ですから、弱い所や、再生しなくてはいけない所に自動的に集まってきます。

例えば、胃炎に対して、炎症を鎮める薬を静脈注射で打つという治療があります。数秒後には、胃の炎症を起こした部分に薬剤の分子が集中していきます。他の所には行かずに、必要な所だけに集まるのです。

血液が単なる溶液であれば、打たれた薬を全身に回して、ほんの一部だけが必要な所に届くだけでしょう。そのメカニズムがあるために、大量には薬を打たなくていいのです。

つまり血液というのは、ものすごく発達した機能があり、必要な所にだけうまく薬剤を働かせてくれるのです。

お医者さんに治してもらっているように思えますが、実は患者の体に本来備わっているそうした機能を借りているだけなのです。

人間の体の神秘とは、面白いものですね。

そして業捨は、この血液という臓器に対して作用しているように思えます。血液が活性化するから、皮膚が赤くなるのです。

業捨を受けることで、全身を巡っている血液が弱っている箇所に集中して活性化させ、代謝が上がることで内臓の機能がパワーアップされ、体を修復するのではないでしょうか。

俗に血液がサラサラとか、ドロドロとか表現していますが、あまりサラサラではダメです。ドロドロの中で有機的につながって、かつサラッとしている状態が望ましいのです。

それから、血液は心臓というポンプで全身に送られている、というイメージが強いようですが、物理学者に言わせるとそれは無理な話です。

おそらく皆さんも、中学校で習った覚えがあるかと思うのですが、「パスカルの原理」というものがあります。

「密閉容器中の流体は、その容器の形に関係なく、ある一点に受けた単位面積あたりの圧力をそのままの強さで、全ての部分に伝える」という原理です。

その原理でいくと、体内では心臓というポンプが血液をぐっと押し出しますから、血管が均等な太さなら、全身に行き渡るのです。

ところが、血管は心臓近くからだんだん細くなっていき、末梢にいったらとても細くなります。断面積は、わずか1ミリとか、0コンマ何ミリという所もあります。

そこまでに血液を通す必要がありますから、本当は圧力を高くしなければいけません。心臓のポンプの働きは、だんだん細くなって枝分かれしている抹消の血管にまで血液を行き渡らせるのには、圧力が足りないのです。

純粋な液体、例えば水を心臓のポンプと同程度の圧力で送り出していたとしたら、「パスカルの原理」に則ると、末端まで行き渡らせることはできません。

さらに末端まで行ったものを、今度は吸い上げるのが静脈ですが、心臓のポンプくらいの圧力では、やはり無理なのです。

では、実際はどうなっているかというと、血液が自発的に、アメーバのように動いているのです。血液が、生き物のように、行って帰ってきてくれるのですね。

人間は、皮膚に包まれた脂肪や筋肉でできているようなイメージがあります。けれども、あらゆる臓器にまで入っている血管系、血液も、実は最も重要なパーツの1つなのです。人体模型では、赤と青の血管が体中を這っているように見えますが、あのイメージのほうが真実に近いのです。

◎神様の手による脳の手術

僕はよく、なんだか見えない力が働いているかのように、自分が意図していない動きをすることがあります。ほとんどの場合、その結果、大切な出来事やラッキーなことにつながっています。

僕はその動きが、神様の仕組みによって起こると考えています。

では神様は、どのように僕の体を動かしているのだろうと考えると、神経系ではなく、血液系を動かしているのだという、確信めいたものがあります。

僕の体験だけでなく、どんな人の病や怪我を治すときも、必要な箇所に必要な薬剤を送り込んでくれたり、薬を使わなくても自然に切り口が塞がって元に戻ったり、全てに神様の采配があるのです。

また、人体の構造やシステムには、我々がはっきりとは理解できていないものが、まだまだたくさんあるのではないでしょうか。

昔、筑波大学医学部脳外科学の教授から、博士論文の手伝いをしてやってくれと頼まれたことがあります。医局員の1人の博士論文の監督と審査を、僕が一任されたのです。最終的に僕がOKと判断すれば、その教授がすぐにハンコをついて博士号を出す、ということでした。

論文を書く医局員は、わざわざ岡山まで何回か出向いてくれ、昼間は大学の研究室で議論し、日が暮れてからは近所の酒場でお酒を飲みながらいろいろと議論したりしました。

彼は、手術をする場所が、患者の生き死にに影響する、つまり、手術の成功、失敗にかかわっているのではないか、という研究をしていました。

脳外科の人はわりと、手術は神懸かりであるように思うそうです。脳外科の手術で、医者がする仕事とは何かというと、血管を閉じることだけだといいます。

「後は、何もしなくていい。神様がしてくれるから」と。

例えば、手術で開頭するとき、開ける箇所は必ず前頭葉です。前頭葉の反対側に手術を施したかったとしても、前頭葉を開けるのです。

なぜなら、開けるのに使う器具は未だにドリルだからです。ふっと気が抜けたり、逆に必要以上に力が入ったりして、ドリルがつい深くまで入っても、前頭葉側には生命維持に重要なものがありません。多少深く入っても被害はないのだそうです。

一方、後頭部と側頭葉のあたりをドリルで傷めたら、非常に深刻な事態になります。即死か、全身麻痺など、あってはならない事態です。

手術では、頭蓋骨にいくつか穴を開けてから切り、パカッと開きます。骨を全部取り、削った骨も洗浄します。

例えば腫瘍があればその腫瘍を取るのですが、メスを使うと、血管が切れて出血が大きくなり、危険な状態になってしまいます。

ですから、指で取るのですが、やはり血管を傷つけてしまうこともあり、出血します。そうしたら、血を吸い出しながら止血をするのですが、そのときの血管縫合こそが、脳外科の技術なのだそうです。

縫合が終われば血は止まりますが、もっと細い、縫合ができない血管で出血が起こることがあります。この場合は、出血している箇所をつまみ、血が止まるように、神様にお祈りするのです。

上手なお医者さんのときは止まりますが、おどおどしていたり、冷静さを欠いているようなお医者さんのときは、全然止まらない。

「こればっかりは、神様次第なんだ」と脳外科のお医者さんが教えてくれたのです。

また、順天堂大学医学部心臓血管外科に、天野篤先生という教授がいらっしゃいます。循環器系のゴッドハンドとして有名で、上皇明仁陛下の狭心症冠動脈バイパス手術も執刀されました。

これは矢作直樹先生に聞いたことですが、天野先生は手術のときに、藁でできている草鞋（わらじ）を履き、神社の神主の気持ちで執刀をなさっているそうです。

手術室の気を浄めておいたほうが出血を止めやすい、などともいわれているそうです

し、東京女子医大出身の脳外科の女医さんの中には、手術前にスタッフ全員でアヴェマリ

アを歌うという人もいらっしゃいます。

そうすると、患者さんが助かる率が高くなるといいます。

筑波大学医学部の脳外科の医局員の1人は、そうした知識、経験から、

「場というものには、計り知れない力があるんじゃないか。場が整っていれば助かる、

整っていない所では、いくらすごい設備やスタッフがあっても失敗する」という仮説を立

て、博士論文のテーマとしました。

彼の指導教授は判断に困り、

「私にはそんなことはわからないから、日本の大学で、そういう研究について理解のあ

る先生がいないのか」と医局員に聞いてみたところ、

「岡山に保江邦夫先生という理論物理学者がいて、その先生ならおわかりになると思い

ます」という進言があり、僕に依頼がきたのです。

僕も、すぐにはよくわかりませんでしたが、面白そうだったので引き受けました。

その医局員の方に、面白い話を聞いたことがあります。

彼は医局員のとき、既に脳外科の医師として、筑波の市民病院に勤務していました。そのときにたまたま担当したのが、筑波研究学園都市にある電子技術総合研究所の有名な先生の、中学生の息子さんでした。自転車に乗っているときに車にはねられて、意識不明の状態で運び込まれてきたのです。

このままでは植物状態になるという重篤な状況で、そういう患者を誰も引き受けたがらないので、最終的に彼が担当することになりました。

彼は何とかしてやろうと、通常に施すあらゆる処置を試しましたが、ダメでした。

病室で少年の体を診ながら、

「俺ってダメなんだな。ダメな医師だ」と自分の無力さを嘆いていました。

すると、ふっとアイディアが浮かんできました。

何の根拠もなく、論文を読んだわけでもなく、単なる思いつきではありましたが、「生の血を輸血したら意識が戻る」となぜか確信したのです。

それを患者の父親に提案すると、息子が治るならと承諾を得られたので、父から息子への輸血を開始しました。肉親であり、幸いなことに、同じ血液型です。

隣のベッドに父親を横たわらせて、直接の輸血となりました。

様々な感染症が懸念されるため、今時の病院では、これは御法度に近い行為です。

しかし、そのおかげで、息子は植物状態から戻るどころか、完全に治ってしまったのです。

その少年は、植物状態の間、幽体となって天井まで浮かび上がり、上から見下ろしたりしていたそうです。いわゆる臨死体験です。

その話を聞いて病院にやってきたのが筑波大学のカールベッカーというドイツ人学者でした。彼は、臨死体験の研究をしており、臨死体験といえば彼の名前が出てくるくらいに有名です。今は、京都大学にいらっしゃいます。

彼が初めて臨死体験について日本語の本を出したとき、最も多く引用したのがその少年の臨死体験でした。巻末で、担当だった脳外科の先生とカールベッカーが対談しています。

「なぜ生の血を直接輸血したら治ると気づいたんですか?」

「わかりません。ただあのときは１００％の確信が生まれたんです」

そんな脳外科の先生であっても、少年が天井に浮き上がって、お父さんやお母さんやいろんな人が来て、いろいろと大変だった情景を全部見降ろしていた、という話をしたときには信じられなかったそうです。そんなことは、あるわけがないと。

でも最後に、その少年が放った一言で信じたのです。

「先生、そうやって隠しているけれど、真上から見たら頭のてっぺんがハゲているの、すぐわかったよ」

実際、この先生は頭頂部だけハゲていたのです。少年はずっとベッドに横たわっていたので、それがわかるはずがありません。僕たち大人が見ても、先生が直角くらいに頭を下げない限り、わからないような状態なのです。

真上から見ないとわからないことをズバッと指摘されたので、信じざるをえませんでした。

論文のお手伝いの間、このように、いかに脳外科の手術が原始的であるか、そして神様がうまくやってくださる部分が多いかということを、聞くことができました。

出血した所をピッとつまんでじっとしているだけで止まらせる先生もいますが、必死でつまんだところで、止められない先生も多い、いったい何の違いがあるのかという疑問から、彼の研究が始まったのです。

余談になりますが、業捨のときや脳外科の先生が血管を摘むときの指の形は、親指と人差し指をくっつけて、ＯＫサインのような形になりますね。

瞑想するときも指をこの形にしますし、仏像、ロシア正教のイコン（キリスト図）、フリーメイソンの友愛のサインなどもそうです。親指と人差し指をつけた所に、何らかの力が宿るのではないでしょうか。

愛というエネルギーを集めるような形なのかもしれません。

脳外科の手術の名医と称する方は、指で挟んでいるだけで血管が塞がります。

本当の意味でゴッドハンドです。

前橋の業捨の先生が、脳腫瘍のある頭の上から施術したその手もゴッドハンド。

頭蓋骨を開けて、脳の中を執刀した脳外科の先生もゴッドハンド。

業捨もしかり。我々がまだ知らない、神様の原初の愛、神原先生ご自身の愛情が、たくさん込められているに違いありません。

◎悪い結果を全てリセットし、新品の心と体で生まれ変わらせてくれるスイッチとは

赤ん坊として生まれてきたときには業のない無垢な状態だったにもかかわらず、その後人間として生き続けてくる中で様々な不条理に面することで溜まった業や、日々の生活の乱れによる不摂生を重ねてしまうことで発症した多くの病気や体調不良の数々。それらが痛みや苦しみを伴って表面化してしまったときに悔やんでみても、もう取り返しはつかないのです。いったん病気や異常を抱えてしまったならば、それを元に戻すことはかないません。

まさに、「覆水盆に返らず」ですね。

できることは、せっせと病院に通って投薬や外科的治療を繰り返すことで、せめて痛みや異常だけでも取り除くといったことだけで、自分自身の不摂生や怠惰な人生を白紙に戻してやり直すということは不可能です。

そう、常識的には、不可能でしかありません。

ところが、ところがなのです！

神様は我々人間に摩訶不思議な「英雄スイッチ」を与えてくださっていたのです。

それを、僕は「帳消しスイッチ」と呼びたいと思います。

これまでの人生の中で被ってきた不条理や自らの不摂生と自堕落な生活など、我々自身の悔やんでも悔やみきれない情けない所行の数々。

その全てをなかったことにできる、免罪符のごとき万能スイッチ。それが業捨であり、その業捨という弘法大師伝来の荒行を受けることで誰でも「英雄スイッチ」が入り、英雄にふさわしい、業のない生まれたままの純真無垢な心と体に戻してくれるスイッチ。

それが「帳消しスイッチ」に他ならず、これまでご紹介してきましたいくつかの具体的な「英雄スイッチ」の中でも、飛び抜けて効果的なものなのです。

なぜなら、ある意味「これまでの人生での悪いことの結果を全て帳消しにしてくれ、新品の心と体で生まれ変わらせてくれる」のですから！

英雄、色を好む？——あとがきに代えて

いかがでしたでしょうか？

人間には「英雄スイッチ」というものがあり、なんらかの方法でそのスイッチが入ったならば、その人は英雄になったかのように人生を輝かせることができる！　僕自身がつい半年ほど前のこと、ピカソの最後の弟子でありレジオン・ドヌール勲章も授与されたフランスの至宝・松井守男画伯と初めて会った瞬間、久し振りに英雄になった自分に気づいたのです。まさにそのとき、「英雄スイッチ」の存在に気づかされたというわけ。

それからというもの、この「英雄スイッチ」なるものの実体が一体いかなるものなのかについて、寝ても覚めても思いを馳せ続けてきました。

すると、まさに祈りが天に通じたのか、「英雄スイッチ」のメカニズムとして湯川秀樹博士が晩年に提唱されていた素領域理論を形而上学にまで拡張した愛の理論だけでなく、脳内ホルモンのオキシトシンやカテコールアミンに基づく脳科学的な理論にまでもたどり着くことができたのです。

そんな僕の知の大冒険の顚末を綴ったものが、『人生がまるっと上手くいく英雄の法則』と題するこの本の骨子となっています。最後まで読み進んでくださった読者諸姉諸兄におかれましては、じっくり時間をかけてご自分の「英雄スイッチ」をオンにする方法をトライアンドエラーで開拓していっていただければと願うところです。

むろん、僕自身もまだまだ「英雄スイッチ」がマイブームとなっていることからしても、「まず隗より初めよ」の言葉どおり、この先も「英雄スイッチ」についてのより具体的な実践技法を研究していき、その結果を逐次第2弾、第3弾の形で公開していく……、そんなつもりで、「英雄スイッチ」についての第1弾となる本書を書き上げかけていたとき、主に関西で女性聖と女性性の開花について探求なされている若い女性グループのお1人からお声かけいただいたのです。

ちょうど本書第2部でご紹介した松井守男画伯との対談講演が京都で行われたときにも会場にお越しいただき、再び京都に行く機会に合わせてお目にかかりました。

そのときは、僕が「英雄スイッチ」の存在に気づいて、あれこれと考えを巡らせていたタイミングでしたので、再会のご挨拶も終わらぬ間に延々と、「松井画伯のおかげで『英雄スイッチ』が入った！」ことを声高らかに語ってしまいました。

しかし、話していくにしたがい、英雄というのは明らかに男性が該当する名詞であり、特に日本ではこれまで英雄のイメージに女性はそぐわないという考えが残っているため、きっとグループの女性たちはこの話を歓迎してはくれないだろうという考えが頭をもたげてきます。

話題の選択を誤ったと思った僕が、途中で話を切り上げようとしたとき、ふと見やったその女性の顔は曇っているどころか、想定外にとても輝いて喜んでいらっしゃる雰囲気だったのです。聞けば、その女性グループが長年探求してきた女性聖・女性性の重要な働きの1つが、まさに相手の男性が、仕事や日常生活の場面でそれまで以上のパフォーマンスを発揮するようになるということでした。

この不思議な力の存在は、数百組の男女のカップルに人体実験をしてもらうことで感覚的に経験的にわかってきたそうです。ただ、その驚くべき可能性を確信はしつつも、体感（主観）でしかなく、どのように客観的に立証できるかがわからない様子でした。

少なくとも、男女カップルたちの実験結果を見る限り確かなことは間違いなく、女性性

般若寺応接室にて

は活かし方次第で相手の男性の仕事や生活の場での能力をなぜか飛躍的に増幅させてしまうということだけが判明していた……。

そんな状況にあった女性グループの一人の耳に、僕の口を衝いて機関銃弾のごとく放たれ続けた「英雄スイッチ」という単語が飛び込んでしまった！

そう、女性たちが突き止めた事実を、理解する糸口を得たのです。

こんなに嬉しいことはないと思ったのでしょう、その女性はすぐにグループの中心的存在の2人に話を伝え、その結果、山口県の田布施と柳井の近くにある般若寺という由緒ある真言宗のお寺での講演会の直後、写真のようにただ囲まれるだけで僕の「英雄スイッチ」が再び入れられてしまいました‼

こうなってしまったなら、本書に続く「英雄の法則」第2弾である実践編としては、この女性グループの活動内容の詳細を、リーダーお2人に直接語っていただくか、あるいはこの僕が文字どおり密着取材をして皆さんにわかりやすくご紹介するしかありません。

きっと、世の中がひっくり返ってしまうほど強烈なインパクトで登場してくるはずです！

乞う御期待‼

令和元年9月27日　白金の寓居にて著者記す

祈りが護る國
アラヒトガミの霊力をふたたび

保江邦夫

新元号・令和の世界を示す衝撃の「真・天皇論」

戦前、アラヒトガミ(現人神)と言われた天皇。事実、天皇家には代々伝わる霊力があり、そのお力で厄災から、日本、そして日本国民を護り続けてきました。
2019年5月の譲位により、その潜在的な霊力を引き継がれる皇太子殿下が新天皇に即位。次の御代は、アラヒトガミの強大な霊力が再びふるわれ、神の国日本が再顕現されるのです。

「神様に溺愛される世界的物理学者」保江博士がこれまでに知り得た、《天皇が唱える祝詞の力》さらには《天皇が操縦されていた「天之浮船」(UFO)》etc.についての驚愕の事実を一挙に公開。また、《エリア51＆52の真実》や《UFOとの遭遇》など、宇宙につながる話も多数収録されています。

天皇による祝詞の力／AIエンペラーの凄まじい霊力／人間もUFOも瞬間移動できる／UFOとの初めての遭遇／深夜の砂漠でカーチェイス／アメリカ政府による巧妙な罠／エリア51の真実／デンバー空港の地下にかくまわれている宇宙人／陸軍特殊部隊で運用されているUFO／縄文人はレムリア大陸から脱出した金星人だった／謎の御陵に立つ／帰ってきた吉備真備／現代の金星人ネットワーク（目次より抜粋）／他重要情報多数　本体価格　1800円

保江邦夫 プロフィール
Kunio Yasue

岡山県生まれ。東北大学で天文学、京都大学大学院、名古屋大学大学院で理論物理学を学ぶ。ジュネーブ大学理論物理学科講師を経て、ノートルダム清心女子大学教授、名誉教授。生死の境をさまよう大病をマリア様への帰依で乗り越えて以来、数々の奇跡を体験。故エスタニスラウ神父様よりキリスト伝来の活人術「冠光寺眞法」を継承し、東京、岡山、名古屋、神戸で活人術道場を開催。伯家神道神事研究会主宰でもある。著書に『神代到来』『神の物理学』(海鳴社)、『ついに、愛の宇宙方程式が解けました』(徳間書店)、『置かれた場所で咲いた渡辺和子シスターの生涯』(マキノ出版)、『願いをかなえる「縄文ゲート」の開き方 』(ビオ・マガジン)、『祈りが護る國　アラヒトガミの霊力をふたたび』(明窓出版) 等多数。

人生(じんせい)がまるっと上手(うま)くいく **英雄(えいゆう)の法則(ほうそく)**

令和元年　11月11日　初刷発行
著　　者　保江邦夫

発行者 ― 麻生 真澄
発行所 ― 明窓出版株式会社
〒164－0012 東京都中野区本町 6-27-13
電 話 (03) 3380－8303
FAX (03) 3380－6424
振 替 00160－1－192766
印刷所 ― 中央精版印刷株式会社

落丁・乱丁はお取り替えいたします。
定価はカバーに表示してあります。

ISBN978-4-89634-406-6